文春文庫

桜《はな》吹雪《ふぶき》

新・酔いどれ小籐次（三）

佐伯泰英

文藝春秋

目次

「新・酔いどれ小籐次」おもな登場人物

赤目小籐次《あかめことうじ》
元豊後森藩江戸下屋敷の厩番。主君・久留島通嘉が城中で大名四家に嘲笑されたことを知り、藩を辞して四藩の大名行列を襲い、御鑓先を奪い取る（御鑓拝借事件）。この事件を機に、〝酔いどれ小籐次〟として江戸中の人気者となる。来島水軍流の達人にして、無類の酒好き。

赤目駿太郎
小籐次を襲った刺客・須藤平八郎の息子。須藤を斃した小籐次が養父となる。愛犬はクロスケ。

北村りょう
小籐次と相思相愛の歌人。旗本水野監物家の奥女中を辞し、芽柳《めやなぎ》派を主宰する。須崎村の望外川荘に下男の百助と暮らす。

勝五郎
新兵衛長屋に暮らす、小籐次の隣人。読売屋の下請け版木職人。

新兵衛
久慈屋の家作である新兵衛長屋の差配だったが、呆けが進んでいる。

お麻
新兵衛の娘。父に代わって長屋の差配を勤める。夫の桂三郎は錺《かざり》職人。

お夕
お麻、桂三郎夫婦の一人娘。駿太郎とは姉弟のように育つ。

久慈屋昌右衛門
芝口橋北詰めに店を構える紙問屋の主。小籐次の強力な庇護者。

観右衛門　久慈屋の大番頭。

おやえ　久慈屋の一人娘。番頭だった浩介を婿にする。

秀次　南町奉行所の岡っ引き。難波橋の親分。小籐次の協力を得て事件を解決する。

空蔵《そらぞう》　読売屋の書き方兼なんでも屋。通称「ほら蔵」。

うづ　弟の角吉とともに、深川蛤町河岸で野菜を舟で商う。小籐次の得意先で曲物《わげもの》師の万作の倅、太郎吉と所帯を持った。

美造《よしぞう》　竹藪蕎麦の亭主。小籐次の得意先。

梅五郎　浅草寺御用達の畳職備前屋の隠居。息子の神太郎が親方を継いでいる。

久留《くる》島《しま》通嘉《みちひろ》　豊後森藩八代目藩主。

高堂伍平　豊後森藩江戸下屋敷用人。小籐次の元上司。

青山忠裕《ただやす》　丹波篠山藩主、譜代大名で老中。様々な事件を通じて、小籐次と協力関係にある。

おしん　青山忠裕配下の密偵。中田新八とともに小籐次と協力し合う。

桜吹雪《はなふぶき》

新・酔いどれ小籐次㈢

この作品は文春文庫のために書き下ろされたものです。

第一章　出直し小籐次

一

文政六年（一八二三）も残りわずか、小籐次《ことうじ》は久しぶりに芝口新町の新兵衛長屋の庭に蓆《むしろ》を敷いて、研ぎ場を設けた。

風もなく穏やかな日和《ひより》で、小籐次の視界に石蕗《つわぶき》の花の黄色がちらちらと映じた。

長屋門の外の通りで、駿太郎《しゅんたろう》とお夕が新兵衛をあやす声が聞こえてきた。

「なーむみょうほーうれんげきょう」

新兵衛が力の入らない声で、妙な間合いのお題目を繰り返していた。

表通りの紙問屋久慈屋《くじや》の家作を差配していた新兵衛は数年前から呆けを発症して、今や年老いた赤子のようになっていた。その新兵衛を孫のお夕と駿太郎が見ているのだ。

この晩秋から冬にかけて小籐次の身辺は大きく変わった。

願かけ騒動が沈静化するまで馴染みの仕事場を避けた小籐次は、江戸外れの麻布に行ったり、また舟で飛鳥山や西ヶ原村に遠出したりして、研ぎ仕事を続けてきた。

小籐次の顔の知られていない場所では、なかなか研ぎ註文にありつけなかった。それでも根気よく何度か通ううちに、研ぎの腕が知られて傷んだ鎌や包丁を出してくれるようになった。だが、研ぎ代は大根とか干し柿で頂戴することが多かった。

それでも研ぎ仕事が続けられるのは小籐次にとってなによりのことで、気持ちが落ち着いた。

一方、おりょうにも自ら主宰する芽柳《めやなぎ》派に騒ぎがあった。

原因の一つは、女宗匠というので好奇心から集まってきた門弟衆が百数十人を数えるまでになったことで、あれこれと諍《いさか》いが起こった。そこでおりょうは、いったん休会して門弟を絞り込むことにした。

その数が心から和歌を愛する門弟三十数人に絞られたとき、北村里桜《りおう》の名で新芽柳派の再開を告げる書状が門弟衆の間に回された。

当初、芽柳派は半年の休会を決めていた。それが休会を決めた途端、下心で芽柳派に加わっていた門弟たちが抜けて、一気に門弟の数が減ったことを受け、幹部の前村風吏《ふうり》、佐野青波、与謝野一歩の三人から、

「里桜師匠、落ちこぼれる者はまず大方、退会致しました。残った門弟衆から、時期を前倒しして芽柳派の再開を一日も早くと望む声が強いのですが、いかが致しましょうか」

と伺いがあって、当初の予定よりいささか早い芽柳派の再出発を北村里桜は決めた。

再開の当日、須崎村の望外川荘《ぼうがいせんそう》において、おりょうは継裃《つぎがみしも》姿の赤目《あかめ》小籐次を伴い、門弟衆に、

「わが婿《むこ》どのにございます」

と紹介した。

かような場を設けられたのは、芽柳派の誕生の折から中心になって集いを支えてきた前村風吏、佐野青波、与謝野一歩らの尽力があってのことだ。

「赤目様、おりょう様、改めておめでとうと申し上げます」

風吏が一同を代表して祝賀を述べ、小籐次とおりょうが頭を下げて、

「ただただ恐縮至極にござる。それがし、ただの年寄り爺、おりょう様の婿など烏滸《おこ》がましいが、宜《よろ》しゅうお付き合いの程を願い奉る」

と小籐次が丁寧に言葉を返した。

「いえいえ、こうしてご両人がお並びになったところを見ると、おりょう様の婿どのに赤目小籐次様ほど相応《ふさわ》しいお方はございませぬ。その武名はつとに江都《こうと》じゅうに知れ渡っておられながらも、研ぎ仕事で稼ぎを立てておられる。この清貧こそ歌作に通じる生き方、考え方かと存じます。

この秋には、赤目様が生き神様に奉られ、なんと六百両もの賽銭《さいせん》が集まったというのに、赤目様はあっさりと公儀が設ける御救小屋《おすくいごや》のためにすべて寄付なされて、己は一文もお使いにならなかった。かような人士が未だ文政の世におられ、私どもの師匠の婿どのとは、門弟一同密かな自慢にございますよ」

「前村さん、お言葉、もう十分にございます。赤目小籐次がなんぞお役に立つことがあらば、この返礼に何処へなりとも馳せ参じますでな、声をかけて下され」

小籐次が陽にやけた顔を真っ赤にして願った。

「天下の酔いどれ小籐次様のお言葉、心強いかぎりです」

与謝野一歩が応じたところへ、酒と美造《よしぞう》親方が打った蕎麦《そば》が運ばれてきて、さやかな宴に移った。

このお披露目《ひろめ》を機会に、赤目小籐次は望外川荘の住人になるはずであったが、こんどは芝口新町の新兵衛長屋から大変な反対が出た。

「えっ、酔いどれ様が須崎村に引っ越すって。新兵衛長屋の名物がそう簡単に引っ越されてたまるものか。おれたち、明日からなにを頼りに生きていけばいいんだ、酔いどれ様」

勝五郎が口火を切り、ちょうど居合わせた読売屋の書き方のほら蔵こと空蔵《そらぞう》が、

「ああ、そのとおりだ。赤目小籐次様に須崎村に逃げられたら、うちの商いはどうなるんだよ。勝五郎さんだって仕事は半減してよ、おまんまの食い上げ、釜の蓋が開かないぜ」

と言い出した。

また新兵衛長屋の差配のお麻も、亭主の錺《かざり》職人の桂三郎も寂しそうな顔をした。その二人の娘のお夕の眼には涙まであった。

小籐次がおりょうと夫婦になるということは頭では分っていた。だが、実際に小籐次と駿太郎がいなくなるという事態に直面したとき、長屋の住人はおろおろ

と動揺した。

「どうしたものか」

小籐次も頭を抱えた。

「赤目様、ここは一番久慈屋の大旦那や大番頭さんに相談なさってはいかがです」

桂三郎が言い出し、小籐次、桂三郎、勝五郎に空蔵が久慈屋を訪ねた。

事情を聞いた久慈屋の大旦那の昌右衛門《まさえもん》が、

「まあ、うちでもね、このような話になるとは思っておりました。そこで大番頭さんとなんぞ手立てはないものかと、すでに話し合ってございます」

と言い、大番頭の観右衛門《かんえもん》が大きく頷いた。

「ほう、そんな名案がございますか」

と小籐次が尋ねると、

「名案かどうか分りませんがな、酔いどれ様と駿太郎さんがうちの長屋を引き払うとなると、やはりこのような騒ぎになりましょうな」

「だからさ、大番頭さん、相談に来ているんじゃないか」

「勝五郎さん、まあ、落ち着きなさい」

と言った観右衛門が、

「赤目様、須崎村にはいつ引っ越しなさいますな」

「そのことです。家財道具がさほどあるわけではなし、小舟に積める程度のものでございますでな、いつなりとも久慈屋さんの都合のよろしい時にお長屋はご返却できます」

「そこです」

観右衛門の声が大きくなった。

「うちはですよ、長屋をお返し下さる要はないと思うております」

「ちょちょちょっと、大番頭さん、それならば赤目小籐次様はおりょう様の婿にいつまでもなれないぜ。もっともおれが案じることじゃねえけどな」

勝五郎が最後は投げやりな口調で言った。

「いえ、赤目小籐次様とおりょう様はもはや立派なご夫婦です。芽柳派の集いでもそう披露があったようにな」

「話が進まないな、ちっとも埒《らち》が明かないぜ、大番頭さんよ」

「勝五郎さん、いや、赤目様、長屋は元のままに残しておいでなされ。大旦那様とも相談の結果ですがな、うちにとっても赤目様が新兵衛長屋と関わりがあることが大きな支えにございます。また、赤目様にとっても須崎村に引っ越したならば、この界隈《かいわい》ほど研ぎ仕事の口はございますまい」

「大番頭どの、それがし、須崎村から小舟でこれまで馴染みの得意先を回ろうかと考えておった。いかにも須崎村界隈では仕事にならぬでな」

「で、ございましょう」

「話が未だ見えないぜ」

勝五郎が首を捻《ひね》った。

「新兵衛長屋はこれまでどおり、赤目小籐次様の仕事場としてとっておくのです。そして、住まいはあくまで須崎村の望外川荘、そこから芝の仕事場へと通ってくるのです。そうなれば赤目小籐次様と駿太郎さんが新兵衛長屋からいなくなったわけではない。どうですな、この話」

「なになに、須崎村に通っていた酔いどれ様が、須崎村から芝口新町の新兵衛長屋の仕事場に通ってくるのか。となるとあまり今までとは変わりねえな」

「おお、勝五郎さん、これまでどおり長屋かこちらの久慈屋さんで酔いどれ小籐次に会えるという寸法だな」

と空蔵が感心し、

「名案です、大番頭さん」

と桂三郎が膝を打った。

「そうだよな、芝口新町はよ、いやさ、この界隈はよ、酔いどれ小籐次で売っているんだ。酔いどれの大看板がなくなっちゃ面白くねえや。なあ、酔いどれ様よ」

勝五郎が小籐次を見た。

「わしは引っ越すのか、引っ越さぬのか」

「なに、当人が分らないというのか。いいか、おめえさんはおりょう様の婿になったんだ。だからよ、住まいは須崎村だよ。そこから毎日この界隈に仕事に来てよ、夕暮れになったら、狆《ちん》ころ犬みたいに須崎村に戻っていくんだよ」

勝五郎が身振り手振りを交えて説明した。

「そこまでは分っておる。わしの住まいは、須崎村とこれまでどおりの新兵衛長屋で変わらぬのじゃな」

「そういうことだ。だとしたらほら蔵だっておれだって安心して暮らせるってわけだ」

勝五郎が言い、観右衛門が、

「得心がいかれませぬか、赤目様」

と小籐次に尋ねた。

「いや、なんとなく分り申した。じゃが、おりょうに一応相談して返答をしてよろしいか」

「なんだって、もうおりょう様の尻の下に敷かれているのか。女房なんて最初が肝心なんだよ、がつんと一発食らわせれば、あとは黙っている代物《しろもの》なんだよ」

「おきみさんが、普段から黙ってそなたに従っているとも思えぬがのう」

「それを言うなって。おれはよ、最初にがつんとやれなかった見本なんだよ」

勝五郎が変なところで威張った。

次の日、赤目小籐次が須崎村の望外川荘を訪ねておりょうにその経緯《いきさつ》を伝えると、

「久慈屋の大旦那様と大番頭さん、考えられましたね」

と笑った。

「どうしたものか、おりょう」

「大変よろしいご提案かと存じます」

「なに、そうか、そう思われるか」

「赤目小籐次は、母鳥のりょうのもとから芝口新町の仕事場に通い、また夕暮れには稼ぎを持って母鳥のところへお帰りになる」

おりょうがにっこりと微笑《ほほえ》んだ。狆ころから稼ぎ鳥に小籐次は昇格した。

そんな具合で小籐次は須崎村から芝口新町に通い始めたのだ。

「た、たまんないな、あの妙ちきりんなよ、お題目」

勝五郎が言いながら小籐次の研ぎ場に姿を見せた。

「新兵衛さんの妙法五字か」

「みょうほうなんとかってなんだ」

「又聞きだ、ゆえに真《まこと》かどうかは知らぬ。日蓮聖人の教えは、妙法蓮華経《みょうほうれんげきょう》の五文字に帰依（南無）すると功徳《くどく》があって、即身成仏するというものだそうだ」

「新兵衛さんのはよ、なーむみょうほーうれんげきょうー、とよ、間延びしているぜ。あれで即身成仏が叶うのかねえ」

というところに桂三郎も姿を見せた。

「桂三郎さんよ、おめえもあのお題目を逃れてきたか」

「朝から聞いておると、いささか飽きます」

「飽きるどころじゃねえぜ。どうしたんだ、新兵衛さんよ、急にお題目なんて唱え始めてよ。まさかお迎えが近いということはねえよな」

勝五郎が真顔で案じた。

「お麻とも話したんですがね、舅《しゅうと》の親父様が熱心な日蓮宗の信徒だったそうで、子どもの頃から身延山久遠寺《みのぶさんくおんじ》に何度も連れて行かれたそうです。舅が仏壇に向ってお題目を唱えるなんて、この数年ありません。だけど、なにかの拍子にあのお題目が口をついて出たらしく、このところあのとおりです」

「なんとかならないか」

「なると思いますか」

「なるめえな」

勝五郎が応じて、桂三郎がしばし沈思していたが、

「お麻が勝五郎さんと同じことをいうんですよ」

「おれがなにを言ったよ。ああ、お迎えが近くねえかと、あのことか」

勝五郎の言葉に桂三郎が首肯《しゅこう》した。

「出来ることならば、もう一度身延山に連れていきたいというのですがね」

「身延山ってどこにあるんだ」

「山また山の甲斐《かい》国を流れる富士川のほとりだ」

と小籐次が即座に言い切った。その口調は妙に確信に満ちていた。

「遠いのだろうな」

「江戸から四十五里と二十六丁」

小籐次がまたいやに正確な数字を挙げて即答した。

「そりゃ遠いや。ただ今の新兵衛さんには無理なことだ」

「無理です」

桂三郎が言い切った。

そのとき、長屋の木戸で、

「新兵衛さん、ご機嫌ですね」

と久慈屋の手代国三《くにぞう》の声がした。

「なにがご機嫌なものか」

勝五郎が呟くところに国三が現れた。

「皆さん、ご機嫌いかがですか」

「いいわけねえよ、あの陰気なお題目を一日聞かされてみなよ」

「勝五郎さん、そう言わないで下さいな。もう新兵衛さんは半分仏様なんですからね」

「手代さんよ、仏だろうとなんだろうと、陰気なものに変わりはねえ」

勝五郎が吐き捨て、婿の桂三郎が苦笑いした。

「どうにかならないか、婿どの」

「お夕と駿太郎さんの二人が、こちらにお義父《とっ》つぁんが来ないように騙《だま》すだけで大変なんですからね」

「なに、長屋の庭に入ってお題目か。日蓮聖人も厄介なお題目を作ったものだな。なんかさ、粋でよ、陽気な相撲甚句かなにか作るがいいや」

「ああー、勝五郎さんたらお題目と相撲甚句をいっしょくたにしてしまったよ」

国三が呆れた。

小籐次は三人の話を聞きながら、おきみから預かった出刃包丁を研ぎ上げ、濯《すす》ぎ水で刃を洗った。

「勝五郎さん、おまえさんのところの出刃だ」

「なに、うちの出刃を研いでいたのか。そう熱心に研ぐこともねえのによ、どうせうちから銭は受け取らない気だろ」

「あらら、最初からそう言われたら赤目様だって研ぎ料を貰えないでしょう。ほれ、黙って勝五郎さんが五十文払うんですよ」

「え、手代さんよ、五十は高くねえか」

「酔いどれ大明神と崇《あが》められ、わずかな間にお賽銭が六百両も集まった天下の赤目様の研ぎに五十文も払えないんですか、勝五郎さん」

「ちぇっ、生き神様が嫌さに稼ぎ場所を逃げ回っていた酔いどれ様だぜ。おれたちは知り合いの間柄、相身互いだ」

勝五郎がいうところにおきみが出てきて、

「研ぎ上がったかい、赤目様」

と出刃包丁を受け取り、五十文を渡した。

「なんだよ、おれの稼ぎを酔いどれ様に回すことはねえだろうが。どうもうちの内所《ないしょ》が苦しいと思ったら、こんな無駄な金を使ってやがる」

勝五郎がぼやいた。

「うちの内所が苦しいのはおまえさんが働かないからだよ。しっかりとほら蔵から仕事を取ってきな」

反対におきみから尻を叩かれた。

おきみが出刃を持って井戸端に戻って行った。

「国三さん、なんぞ用事か」

「あ、うっかりと忘れていた。大旦那様が赤目様のお手すきのときか、帰り道に立ち寄っていただきたいとの言付《ことづ》けです」

「昌右衛門様がな、なんの御用か、国三さんは承知か」

「いえ、全く存じません」

「まだ久慈屋で研ぎ場は設けてないんだろう」

勝五郎が小籐次に尋ねた。

「願かけ騒ぎが再燃してもいかんでな。来春くらいまではひっそりと研ぎ仕事をするつもりだ。久慈屋にはそのことは伝えてある」

「というと違う用事か。なにかよ、一発派手な読売のネタを拵《こしら》えてくれないかね。女房じゃないが、おまんまの食い上げだぜ、酔いどれ様よ」

「わしは口入屋《くちいれや》ではないでな」

勝五郎に応じた小籐次が、

「今日の七つ半(午後五時)の頃合いにお訪ねすると昌右衛門様に伝えてくれ」

と国三に頼んだ。

「承知致しました」

とすっかりと手代の言動が身に付いた国三が答えた。

二

「いやいや、酔いどれ様、師走《しわす》の忙しい折にお呼び立てして、もうしわけございませんな。これから須崎村にお戻りでございましょう。川風が冷とうございますでな、おお、そうだ、おやえ、酔いどれ様に熱燗《あつかん》を何本かお持ちしないか。で、ほれ、芽柳派の再開の場で、赤目小籐次様の披露目が行われたのでございますな。皆さんの反応はいかがにございました。なに、温かく受け止めてもらいましたとな。それは当たり前のことですぞ。なにしろ赤目小籐次様と申さば、江都一の武人にして、近頃では生き神様におなりになった。その賽銭がなんと六百両、その大金をあっさりと御救小屋のために投げ出される。このご時世に男気と申しますか、篤志家と呼んでよいのか、大したものでございますでな。門弟衆が認められるのは、むべなるかなでございますよ。それで……」

久慈屋昌右衛門は、小籐次に座敷で対面した途端、独り話を始めていつまでも際限なく続き、用件に入ろうとはしなかった。

同席した大番頭の観右衛門も困惑気味の表情で、小籐次は、

(よほど頼みを言い出し難《にく》いのか)

と考えたりした。

そこへおやえが女衆《おんなし》といっしょに燗をつけた徳利を運んできて、父親のだらだらと要領をえない話を、

「お父つぁん、大概にして本題に入ったら。小籐次様はこれからおりょう様のもとへお帰りになるのよ」

と忠言した。

「おお、そうだ、そうでした」

娘ならではの容赦ない言葉に応じながら、昌右衛門はそれでも肝心の用件を言い出せないでいた。

「大番頭どの、そなた、大旦那の頼み、ご存じか」

「深くは知りませんが大雑把なところは」

「ならば、昌右衛門様に代わって話してくれぬか。どうも大旦那は話し難いようじゃからのう」

ふっふっふふ

と笑った観右衛門が、

「驚きましたな。大旦那様は、これほど頼みごとが下手でございましたかな。いや、ふだんから昵懇《じっこん》の付き合いの酔いどれ様ゆえ、言い出し難いのは分ります。ようございます、私が話します。ですが、その前に一杯」

と言うのへ、おやえがすかさず徳利を取り上げ、

「赤目様、父の長広舌《ちょうこうぜつ》にうんざりでございましょう、お口直しに」

と勧めた。

「おやえさん、よほどのことのようですな。一杯だけ頂戴して大番頭さんの話をとくと聞きまする」

小籐次は膳の盃《さかずき》を取り上げ、おやえに酌をされて皆が見守る中、

「頂戴します」

とゆっくりと盃の温《ぬる》めの燗がされた酒を舌で転がし、喉《のど》から胃の腑へと落として、

「美味《うま》い、酒が美味い季節ですな」

と独り感嘆した。すかさず観右衛門が、

「赤目様が江戸で名を上げたきっかけは、柳橋の万屋《よろずや》八郎兵衛方、万八楼《まんはちろう》の大酒

の催しでございましたな」

と言い出した。

その催しは文化十四年（一八一七）の三月二十三日に行われ、大酒会の他に大食いの部門もあった。六年ほど前のことだが、万八楼のかような企ては、その二年前に千住宿の中屋六右衛門方で行われた大酒の催しの再現であった。

その当時、小籐次は豊後《ぶんご》森藩江戸下屋敷の厩番《うまやばん》であった。

小籐次が万八楼の大酒の会に出たのは、生来の酒好きということもあったが、主君の久留島通嘉《くるしまみちひろ》が城中詰めの間で四家の大名方に、

「城なし大名」

と嘲笑された恥辱を雪《そそ》ぐため、藩を抜ける企てが隠されてあっての所業だった。大酒を飲んだために下屋敷に戻るのが二日余り遅れた。

下屋敷用人の高堂伍平《たかどうごへい》にこっぴどく叱られた。

ともあれこの企てが効を奏して森藩下屋敷の厩番を辞め、自由の身になった。

そこで四家の大名行列を襲い、御鑓先《おやりさき》を奪った勇武で一躍赤目小籐次は時の人になり、その武名は高まった。

「いささか恥ずかしい所業を大番頭どのは思い出させてくれましたな」

小籐次が困惑の表情を浮かべた。

「いえいえ、あの大酒の集いの帰り道、下屋敷近くで酔っぱらわれて寝込まれた失態は深い考えがあってのこと、只今では江戸のだれもが承知のことです」

「大番頭どの、用件をお忘れのようだが」

小籐次が話の先を促した。

「ええ、それです。来春に再び万八楼で大酒の催しを行うことになったそうでございましてな」

「大番頭どの、それはだめじゃだめじゃ。もはやそれがし、五十路《いそじ》を過ぎて、所帯も持った。一斗を越える酒を飲むなどもはや無理ですぞ。それればかりはご免蒙《こうむ》りたい」

小籐次が手を大顔の前で大きく横に振りながら断わった。

「赤目様、勘違いなさらないで下され」

「おや、違いますので」

「はい、大いなる勘違いにございます」

と応じた昌右衛門が、

「これ、おやえ、赤目様の盃が空ですよ」

と娘に注意した。

話に聞き入っていたおやえが、慌てて徳利を差し出しながら、

「お父つぁんが切り出し難かった話は、赤目様にまた大酒会に出て下さいと願う話じゃないのね」

と父親に糺《ただ》した。

「おやえ、私だって赤目様の体は、もはやお一人のものではないことくらい承知です」

と昌右衛門が言い、観右衛門が話を続けた。

「万八楼の催しで一位になったのは鯉屋利兵衛《こいやりへえ》さんで、三升入りの大杯で六杯と半分飲み干されましたがな、その後、名を上げられたのは一斗五升を飲まれて二位に入られた赤目小籐次様です。ゆえに万八楼では、こたびの集いには、赤目様をどうしても行司方としてお招きしたいというておられるのですよ」

「大番頭どの、酒を飲む方々をさばくお役目に就けと申されるのか。酒は飲まなくてよいのですな」

「そういうことです」

と答えた観右衛門がほっと安堵《あんど》の息を吐《つ》き、昌右衛門が大きく頷《うなず》いた。

「万八楼での愚行があればこそ、それがし、御鑓拝借などという大それた所業を為すことが出来、江戸でいささか名が知られるようになりました。ゆえに今も研ぎ仕事でなんとか身を立てることが出来申す」

「いえ、赤目様自らが望めば何百石、何千石でも召し抱える大名家はいくらでもございますぞ」

「いえ、もう武家奉公は結構です。なにしろそれがしは厩番、俸給は三両でしたが、それも払われたり払われなかったり、いつも腹を空《す》かせ、酒に飢えておりました。ゆえにあのような馬鹿げた集いに出ることになりました」

「それもこれも大望があればこそ」

と昌右衛門が応じて、

「行司方で集いに出るというのはどうでしょうかな」

小籐次はなぜ昌右衛門が話し難い様子で切り出せなかったのか、ちらりと考えていた。

「大旦那様の話では、万八楼では赤目小籐次様にその場で酒を無理強《じ》いしてはならぬと釘を刺されたそうな。そのようなお立場で出られることはどうでございましょうな」

と観右衛門が念を押し、

「お話は相分りました。今日それがしがあるのもあの集いがあればこそ、万八楼には足を向けて寝られません。ですが、ここは一つ、おりょうの了解を得てから返事をしたいと思いますが、いかがにございますか」

「それはもう。先方はおりょう様といっしょなれば、催しに華《はな》が添えられると張り切っておりますそうな」

と昌右衛門が言い、さらに告げた。

「行司方の役目には五両の礼金が用意してあるそうです」

「えっ、大勢の酒飲みにただ酒飲ませた上に、催しを検分する行司方に五両もお役目料がつくの。どうして」

おやえが当然の疑問を呈した。

「そこですよ。万八楼の集いは、新川河岸《しんかわがし》の下り酒を商う酒問屋組合の旦那衆の発案だそうな。新川河岸とは赤目様も知り合いにございましたな、ゆえに新川河岸から、この催しは赤目小籐次様抜きにはあり得ないとの註文が出たそうです」

小籐次はなんとなく話が見えたと思った。

「新川河岸では下り酒をこれまで以上に世間に広めたい。そこで万八楼を舞台に再び大酒会を催す、その費《つい》えを新川河岸の旦那衆が出すというわけだ」

「新川河岸の酒問屋の旦那衆ならお金はいくらでもあるわね」

「そういうことですよ、おやえ」

「分ったわ、お父つぁん」

「新川河岸の手前もある。万八楼では前回とは違い、大食いは止めて大酒一本に絞り、酒の功徳を大いに世間に広めようという魂胆だそうです」

「酒に功徳がのう」

と小籐次が首を捻り、おやえが笑った。


「赤目小籐次様に、柳橋の万八楼から行司方でお呼びがかかっておりますか」

小籐次から話を聞いたおりょうが応じた。

須崎村の望外川荘に仕事から戻った小籐次は、夕餉《ゆうげ》の折にその日の出来事をあれこれと話すのが日課になっていた。

この夜、いつもより一刻ほど遅い、家族三人だけの夕餉になった。行儀見習いでおりょうの下で奉公していたあいはすでに実家に戻っていた。ゆえに家族三人だけの夕餉だった。

菜はぶり大根、きんぴらごぼう、粕汁《かすじる》。

小籐次は、久慈屋で頂戴したと酒は断わった。

「どう思われるな」

「行司方なれば大酒を飲む要もございますまい」

「出てよいかのう」

「久慈屋の大旦那様の顔もございましょう。出ておやりなされ」

「そなたはどうするな」

「私が大酒会の場に出るのでございますか」

おりょうは困ったなという顔をした。

「正直、男どもが赤い顔をしてふうふう息を吐きながら酒を飲む図はあまり面白いものではないでのう。どちらかというと、吐いたり倒れたりと見苦しい。まあ、そなたは出ぬほうがよかろう」

と小籐次も了解した。

「それより新兵衛さんの様子が案じられますね」

おりょうが大酒会の話の前に出た新兵衛の様子を気にした。

「母上、新兵衛さんのこのところのお気に入りは、なむみょうほうれんげきょう、という妙な言葉で、それを繰り返しておられます。あれはなんでございましょうか」

「駿太郎、南無妙法蓮華経とは日蓮聖人の教え、お題目じゃ」

と小籐次がおりょうに代わり答えた。

「おや、新兵衛さんのお宅の宗旨は日蓮宗にございましたか」

「新兵衛さんの親父様が熱心な日蓮宗の信徒じゃったとか。新兵衛さんは子どものころ、何度か日蓮宗の総本山、甲州の身延山久遠寺にお参りしたことがあるらしい。そのころに覚えたお題目を、近頃思い出したとみえる」

「そうだったのか、お夕ちゃんも爺ちゃんをどこかの寺に連れていきたいというておりました。甲州は江戸から遠いのですか」

「昼間勝五郎さんにも聞かれた。たしか駿河湾《するがわん》に流れ込む富士川沿いに身延山はあるゆえ、江戸から四十五里二十六丁はある。甲州道中を辿ろうと、東海道から入ろうと、並の男の足でも片道五、六日はかかろう」

「では、新兵衛さんには無理ですね」

駿太郎が言った。

「あのおぼつかない足取りではな。無理であろう」

「お夕ちゃんががっかりします」

小籐次は頷き、

「本日、長いことお夕ちゃんと話し込んでいたが、お夕ちゃんは父の桂三郎さんへの弟子入りを決めたか」

と話柄《わへい》を変えた。

「桂三郎さんはお夕ちゃんが錺職人になるのは承知したんです。でも、奉公は何事もまず初めに他人のところで修業をするのが基《もと》となる。それで我慢できなければ、どこに行ったところで一人前の職人にはなれないと言って、桂三郎さんの親方に当たっておタちゃんを受け入れてくれるところを探しているんです」

「お夕ちゃんは桂三郎さんの下で修業をする気でいたのではないか」

「そうなんだけど、桂三郎さんは他人の家の飯を食ってこいと、親方を探しているんだって」

「そうか」

「だけど、女は職人には向かないってどこも断わられているんだそうです」

「お夕ちゃん、がっかりしていないかしら」

おりょうが聞いた。

　お夕と駿太郎は、姉と弟のように新兵衛長屋で育ってきた。そのせいでだれよりも二人は信頼し合って何事も話し合っていた。

「母上、お夕ちゃんは親方が決まってほしいような、欲しくないような気持ちなんです」

「本当は桂三郎さんの弟子になりたいのね」

「お夕ちゃんは本心を明かさないけどそうだと思います」

「桂三郎さんの気持ちも分らぬではないが、桂三郎さんならば実の娘というて甘やかすこともあるまい。一方で桂三郎さんは、己《おのれ》がお夕ちゃんを一人前の女職人に育て上げることが出来るかどうか、不安も感じておられるのであろう」

　と自問するように小籐次は呟いた。

「お夕ちゃんは桂三郎さんの仕事をだれよりも承知です。その背中を見て育った娘です、きっとよい女職人になると思うのですが」

　おりょうの言葉に小籐次はしばし考え込んだ。

「職人衆は、女子《おなご》の弟子など眼中にもなかろう。ゆえにお夕ちゃんの親方探しは難儀しそうな気がする」

「父上、桂三郎さんは春先までには探すとお夕ちゃんに言ったそうです」

「春か、もうすぐじゃぞ」

「見つからなかったら、桂三郎さんの弟子になればいい」

駿太郎が安心したように言った。

「私もそれが一番よいことのような気がします」

「だが、今は桂三郎さんが気持ちを定めるのを黙って見ているしかあるまい」

「春ですか」

おりょうがぽつんと呟き、小籐次がおりょうを見た。

「なにを考えておられる」

「いえ、春の甲州道中はどうかと思うたのです」

「えっ、母上、旅に出られるのですか」

駿太郎が驚きの声で質《ただ》した。

「いえ、ただ漠《ばく》と考えたのです」

「なにを漠と考えたのじゃ、おりょう」

「お夕ちゃんがだれであれ親方に弟子入りすれば、もはや旅する機会などございますまい。ならば新兵衛さんの代参でお夕ちゃんが身延山久遠寺に詣《もう》でるのです」

「母上、お夕ちゃん一人で旅は無理です」

「母上はそうは言うておらぬ」

「えっ、どういうことですか」

「お夕ちゃんにわれら三人が付き添い、春の甲州路を身延山久遠寺まで参ろうと言うておられるのだ」

「いえ、夢ですね」

おりょうが箸《はし》を休めて呟き、

「夢か、夢ではないかも知れぬ」

と小籐次が言い、

「旅をするのですか。出来たら成田山に行って以来の旅です」

と駿太郎が応じた。

しばらく夕餉の場に沈黙があった。

「おまえ様、身延山久遠寺の名物をご存じですか」

「いや、知らぬ」

と、江戸から身延までの距離を四十五里二十六丁と正確に答えた小籐次が首を横に振った。だが、おりょうには、小籐次はおりょうの真意を探って、知らぬと応《こた》えたような気がした。

「春には身延山全山にしだれ桜や山桜が咲いて、講中《こうじゅう》の人々を迎えてくれるそうです」

「甲州路身延山にしだれ桜や山桜か、見事であろうな」

「はい、見とうございますね」

とおりょうは笑みを浮かべた顔で小籐次を見た。

三

翌日、師走らしい鈍色《にびいろ》の空が広がり、今にも白いものが舞い落ちてきそうな寒い日になった。

小籐次は、独り小舟に乗ると仕事に出た。

隅田川に出たとき、ちらちらと雪が舞い始めた。

おりょうが綿入れを用意していてくれたので寒くはない。さらに手甲《てっこう》を着けて顔を手拭いで覆い、菅笠《すげがさ》を被《かぶ》っていた。

いつもより往来する船の数は少なかった。

まず駒形堂に小舟をつけ、浅草寺御用達の畳職備前屋を訪ね、手入れする刃物を預かろうとした。

半ば隠居、名目だけ親方と呼ばれる梅五郎が、

「おい、酔いどれ様、この雪だ。うちの中でよ、研ぎ場をこさえてやるからよ、うちで仕事をしていかないか。もういくらなんでも、赤目小籐次を拝みにきて賽銭を上げるものはいないよ」

と引き止めた。

師走は畳職が一番忙しい時節だ。こちらは本物の親方神太郎を筆頭に、職人頭の誠造ら十数人の男たちが黙々と仕事をしていた。

「ご隠居、いや、大親方、なんとも紛らわしいな。呼び名なんてどうでもいいか、ともかくだ、未だ酔いどれ明神だか、赤目稲荷が鎮座していないかってよ、覗《のぞ》きにくる目付きのあやしい女なんぞがいるのは間違いねえ」

誠造が言い出した。

余計なことをという顔で梅五郎が誠造を睨《にら》んだが、こちらは平然としたものだ。

「みよ、そんな輩《やから》がいるうちは、願かけ騒ぎがいつ再燃するとも知れぬ。新兵衛長屋に参り、長屋で仕事を致して帰りに研ぎ上がった刃物を届けに参る」

「なんだ、冷てえな」

梅五郎が小籐次をなんとしても引き止めようとしたが、

「ご隠居、春になったら新規まき直しにこちらに研ぎ場を設けて改めて仕事を願う。それまでしばし辛抱してくれぬか」

「そんなこと言ってよ、おりょう様のもとへ戻って仕事をしようっていう魂胆じゃねえのか」

梅五郎が嫌味を言い始めた。

「春先まで待ってくれ」

「待たねえ」

倅《せがれ》の神太郎が呆れた顔をして、

「こちとらは師走で忙しいんだぜ。親父、昔取った杵柄《きねづか》でよ、なんぞ手伝うことはないのかよ。いつまで酔いどれ様相手に餓鬼みたいにすねているんだ」

と親父を叱った。

「隠居は隠居だ。もう畳針を持つことはねえ」

「都合のいい時だけ隠居でよ、別の折は親方の面《つら》をしやがる。なんとも便利なことだな」

神太郎が嫌味な言葉を吐いたが、

「酔いどれ様よ、昼餉《ひるげ》に茶碗酒付けるぜ」

と梅五郎は執拗に引き止めた。

「春だ、春」

と応じた小籐次が小脇に古帆布に包んだ刃物を抱え、

「そうだ、ご隠居。両国柳橋の万八楼でまた大酒の会をやるそうだ。それがしにお誘いがかかった」

「な、なに、その歳《とし》で大酒会に出ようという魂胆か。歳をすこしは考えねえ、一斗なんて酒を一時に飲んで体にいいわけないぞ」

梅五郎がこの話に食いついた。

「ご隠居、案じなさるな。こたびは大酒会の行司方だ。継裃なんぞ着込んで皆が酒を飲むのを見てればいいことだ」

「ふうーん、それで済むかね」

と梅五郎が呟き、

「いや、済まねえな。ひと騒ぎ起こるぜ。ここはきっぱり断わりねえな」

「久慈屋の大旦那の口利きゆえな、そうもいかぬ。役目は行司方である、一切酒は飲まぬとの約定《やくじよう》がしてあるのだ。ご隠居、帰りに立ち寄る」

激しく降り出した雪の中に小籐次は出ていった。

その背を未練げに梅五郎がいつまでも見送っていたが、

「嗚呼《ああ》」

というぼやきともなんともつかぬ声が小籐次の背を追ってきた。

芝口新町の新兵衛長屋の堀留に小舟を着け、備前屋の道具を石垣の上に置くと、小籐次は飛び上がった。

「おお、来たか。長屋の中に火を入れてあるぜ」

勝五郎が厠《かわや》から寒そうな顔で出てきた。

「気が利いたな、助かる」

昨日と一転した寒さに小籐次は急いで長屋に入った。確かに箱火鉢に炭火が熾《おこ》っていて、五徳に鉄瓶まで掛かってしゅんしゅんと音を立て、湯気が上がっていた。

須崎村の望外川荘に引っ越したついでに、長屋の板の間を本式な仕事場に改装した。そのために直《す》ぐにも仕事ができた。むろん奥の畳の間には万が一の場合泊まれるように夜具が置いてある。

昨日、仕事が終わったあと、小判型の使い込んだ洗い桶の水は新しいものと換えてある。

菅笠を脱ぐと頰被りの手拭いを外し、その手拭いで肩に降り積もった雪を落として板の間に上がった。

「勝五郎さんや、助かったぞ」

薄い長屋の壁越しに隣人の勝五郎に礼を述べた。

「春がそこまで来ているというのによ、この雪が積もるかねえ」

勝五郎もどうやら空蔵から仕事をもらったらしく、版木を鑿《のみ》で彫る音が伝わってきた。

「研ぎが要る道具があるならば持ってきてくれ。先に研ぐでな」

「なあに、ほら蔵が持ってきたのはごみ仕事だ。おれが手入れした道具で十分間に合うよ」

と言葉が返ってきた。

「ならばお互い仕事に精出すか」

小籐次は研ぎ場の座布団に座り、腰を落ち着けた。何種類かの砥石《といし》を水に浸して、斜めの砥石台に下地研ぎの砥石を固定した。

これで仕度《したく》はなった。

畳職が使う刃物を傍らに並べ、一本目を手にした。となればもはや黙々と研ぎ作業に集中した。

一刻ほどで下地研ぎを終え、手を休めて鉄瓶の湯を茶碗に注ぎ、しばらく冷まして白湯《さゆ》を飲んだ。

次は仕上げ砥石に替え、再び作業に戻った。

昼の刻限か、小籐次の長屋の腰高障子《こしだかしょうじ》の前に人影が立った。

「おお、未だ止んでおらぬか」

小籐次の声に障子戸が引かれた。すると雪が舞い込んできた。

「おお、未だ止んでおらぬか」

「段々ひどくなるわ」

とお夕が答えると、

「いっひひひ」

と勝五郎の笑い声がして、

「本日は新兵衛長屋泊まりだな、おりょう様の下へと戻れないぜ」

という声が壁の向うからした。

「勝五郎さんたらうれしそうね」

「放っておきなされ」

と小籐次がお夕に答えると、

「昼餉、うちでして下さいとおっ母さんの言付けです」

「なに、昼餉じゃと。勝五郎さんではないが、須崎村に戻れぬようになっては困るで、早上がりを考えておったところだ」

「もう遅いよ」

勝五郎の声がまたした。

土間のお夕が小籐次に顔を寄せて、

「おっ母さんが、相談があるって」

と小声で言った。頷いた小籐次は立ち上がり、

「勝五郎さん、お麻さんの家に行って参る」

「お夕ちゃん、昼餉はなんだ」

「煮込みうどんと思うけど」

「温かくていいな」

とちょっぴり羨ましそうな声がした。

小籐次は勝五郎の家の昼餉を聞こうとしたが止めておいた。

朝より寒さが増していた。

木戸を出ると、

「なーむ、妙法蓮華経」

と力の籠《こも》った新兵衛のお題目が聞こえてきた。

「ほう、本日は力《りき》が入っておるな」

「寒いせいじゃないかしら」

とお夕が答え、

「おっ母さん、赤目様よ」

と声をかけた。

仏壇の前に新兵衛が座り、食べ終わったと思える丼《どんぶり》をうちわ太鼓のように箸で叩きながら、お題目を上げていた。

「新兵衛さん、精が出るのう」

小籐次が声をかけたが新兵衛から返事はなかった。

居間では長火鉢の脇に炬燵《こたつ》が設《しつら》えられていて、桂三郎とお麻が入っていた。お麻の傍らの鍋敷の上に鍋があって、具だくさんの煮込みうどんから湯気が立っていた。

「この寒さに煮込みうどんは馳走じゃな」

「お父つぁんはもう先に食べたの」

「なにか話があると聞いたが、なんだな」

「お父つぁんのことです」

「新兵衛さんがどうされたな」

「あのお題目です。正直、わが家でものべつまくなしに聞かされると頭がおかしくなりそうなの」

「とはいえ、言い聞かせても止むまい」

お麻が小籐次の前に煮込みうどんを盛った丼を置き、

「七味を出して、お夕」

とお夕に命じた。

「食べながら話を聞いてくれますか」

お麻の言葉に頷き、頂戴すると七味をかけた煮込みうどんに箸をつけた。雪が降る寒さの中の煮込みうどんは絶品だった。

「赤目様、お寺さんに相談したんですよ」

桂三郎が言った。

新兵衛の檀那寺は、麻布今井《いまい》寺町《てらまち》の、日蓮宗の微妙山真性寺《しんしょうじ》と小籐次は承知していた。

「未だ弔《とむら》いの相談は早かろう」

「違いますって、赤目様」

と慌てて桂三郎が小籐次の言葉を打ち消した。

「おお、そうか、そうだな」

「いえね、ああ、舅がお題目ばかり唱えて長屋の皆さんもうんざりしていることは承知しています」

「というて、強引に黙らせるわけにもいくまい」

「はい。赤目様とは昨日も話しましたが、舅の頭には幼い頃、舅の親父様とお参りした身延山久遠寺のことが浮かんでいるのではないかと思ったのです。それでああやってお題目を唱え続けている」

「それは間違いあるまい」

「和尚《おしょう》さんは、最後に身延山久遠寺参りに新兵衛さんを連れていければよいのじゃがな、そうすれば即身成仏間違いなしと申されるんですよ」

とお麻が言い、桂三郎が付け加えた。

「舅を身延に連れていくのはもう無理です」

「代参か」

「よく分りましたね」

桂三郎が小籐次に言った。

「昨晩、うちでもこの話が出たのだ」

そうでしたか、と答えながらお麻が小籐次を見た。

「代参って、なあに」

「だれか代わって神仏にお参りすることよ」

「おっ母さんが爺ちゃんに代わって御寺参りにいくの」

「私は差配の仕事があるから無理」

社寺霊場に参詣して護符を受ける代参は江戸の中ごろから盛んになり、伊勢講、熊野講、大山詣でなどが信仰と娯楽を兼ねて行われるようになっていた。

「身延ってどこ」

「甲州富士川沿いにあるそうな。江戸から四十五里二十六丁はある。大人の足で片道六日はかかる」

「大変だ」

小籐次の言葉にお夕が答えた。

「赤目様、私も仕事がございます」

桂三郎がお夕を見た。

「えっ、私が身延に行くの」

お夕は話が自分と関わりあることに初めて気付き、驚きの顔をした。

「爺ちゃんの代わりに行けるとしたらうちではお夕しかいないじゃない。桂三郎さんには錺職の仕事がある。私は長屋の差配をしなければならない」

「おっ母さん、どこかも知らない身延に独りで行けというの」

お夕の顔に不安が走った。

「お夕ちゃん、それがしが昼餉に呼ばれたわけがそれだ」

「どういうことです」

「代参のお夕ちゃんに付き添いが要《い》る」

「えっ、赤目様がついていってくれるの」

「厚かましいお願いですね」

桂三郎が視線を外した。

「赤目様が忙しいのはよう承知しています。でも、旅に慣れておられるゆえ、もしかしたらと思ったんです。むろん代参の路銀はうちで用意します」

「お麻さん、さようなことはよいが、かように雪が降る時節はだめじゃぞ」

「えっ、赤目様、私を連れて行って頂けるのですか」

おタの顔に期待が走った。

「おタちゃんは近々錺職人になるために奉公に出るのであったな」

「はい」

「奉公に出たら身延山への代参など考えられぬ」

おタが小さく頷いた。

「行くとしたら奉公前のただ今しかない。だが、春がきて季節がよくならねば旅は出来まい」

「赤目様、かような厚かましい話、真にお受け頂けるのでございますか」

「まあ、この界隈でふらふらと勝手気ままな旅が出来る者はそうはおらぬ。願かけかなにか知らぬが、生き神様返上のお祓《はら》いに身延山久遠寺まで旅するのも悪い考えではないかも知れぬ」

「有難うございます」

お麻が大きな声で応じたとき、新兵衛のお題目の声が急に大きくなった。

「代参してお題目が却って激しくなるということはあるまいな」

「さあてどうでしょう」

と四人が仏壇の前の新兵衛を見た。

新兵衛は空の丼を箸で叩きながらお題目を唱え続けていた。

「赤目様、いついくの」

「節分過ぎの二月の半ばに、柳橋の万八楼で大酒会がある」

と前置きした小籐次は、その行司方を勤めねばならぬことを告げ、

「その催しが終わった頃なれば甲州路も花盛りであろう。どうだな、お夕ちゃん」

「私はいつでも」

「こちらにも連れがおる」

「お連れがおられるので」

桂三郎が小籐次の顔を見た。

「おりょうと駿太郎も従うであろう。昨夜、そのような口ぶりであったでな」

「ああ、おりょう様と駿太郎さんとまた旅が出来るのですね」

「そういうことだ」

「賑《にぎ》やかだわ」

「お夕、おまえが奉公に出る前の最後の勤めが爺ちゃんの代参です。そのことを忘れてはなりませぬ」

とお麻が釘を刺し、

「おっ母さん、ちゃんと爺ちゃんの代参を勤める」

とお夕が決然と言い切った。

四

昼を過ぎても雪は降り続いていた。新兵衛長屋の木戸にもすでに一寸五分ほど積もっていた。

小籐次は首を竦《すく》めて白く雪の積もったどぶ板を踏み、長屋に戻った。どこも戸を閉じてひっそりとしていた。

小籐次が腰高障子を引いて土間に飛び込むと、

「おっ、戻ってきたな」

と勝五郎の声が壁越しに聞こえた。

鉄瓶に水を足して五徳に戻し、箱火鉢の炭を掻き立てた。

小籐次が研ぎ場の席に着いたとき、閉じられた腰高障子が開けられ、読売屋の空蔵がぬうっと土間に入ってきた。

「ううっ、さむ」

「そなたの顔を見ると心まで冷える」

「そう嫌わなくてもいいじゃねえか」

と言った空蔵が板の間に上がってきて、箱火鉢にしがみつくように座った。

どうやら勝五郎の長屋で小籐次の帰りを待っていたらしい。

小籐次は昼前に、備前屋に頼まれた刃物はほぼ研ぎ終えていた。残るは二本だ。これを研ぎ終えたら須崎村に戻ったほうがよさそうだと考えていた。

「なんぞ用事か」

「用事がなければ訪ねてきちゃいけねえのか」

「読売屋が訪ねてくるのはネタ枯れの時だけだ」

「当たり」

めた。

と空蔵が答え、手を箱火鉢の上に翳《かざ》して、

「なにか江戸を驚かすような話はございませんかね」

と小籐次の顔を覗き見た。

小籐次は黙って残った刃物を洗い桶に浸し、砥石の上っ面に水をかけ、研ぎ始めた。


砥石の上を刃が滑る音だけが、しばらく長屋に響いた。

勝五郎が壁越しにこちらの様子を窺《うかが》っているのがよく分った。

「長い付き合いじゃないか」

と空蔵が言った。

「長いというても、精々《せいぜい》五年ほどだ」

「だからって邪険にすることもない。一生付き合う親子だって一片の情も通わず終わるものもある。また擦れ違っただけの男女が赤い糸に深く結ばれて、一生の付き合いになることもある」

空蔵らしくもない言葉を吐いた。

「そんな赤い糸の付き合いがあるんなら、そいつを読売に仕立てよ」

読売屋の空蔵は、巷《ちまた》から雑多な話を拾い集め、腕を揮《ふる》って大仰《おおぎょう》に仕立てあげ、さらには刷り上がった読売を自ら口上付きで売るなんでも屋だ。

「男女の間柄の話はよ、なかなか売れないんだよ。どろどろしてもいけねえ、また浮気程度ではありふれている。吉原の女郎に狂ったなんてのは、当たり前過ぎて箸にも棒にもかからねえ」

と空蔵が言った。

「なんでも仕事となると難しいものだな」

「ああ、だからこうして雪の中を最後の頼みの酔いどれ小籐次様のところに頭を下げにきた」

空蔵の言葉に合わせるように、
えへんえへん
と勝五郎の空咳《からせき》が壁の向うから重なった。

「それがし、そなたら二人のために生きておるわけではない」

「そう冷たいことを言いっこなしだ」

と空蔵が言ったとき、小籐次は研ぎの手を止めた。

「思い出したか」

「大きな話ではないぞ」

「話してくれ。でっち上げるのは得意中の得意だ」

「ほら蔵だもんな」

壁の向うから勝五郎が叫んだ。それに応えるように小籐次が告げた。

「また両国柳橋の万八楼で大酒会が催される」

がたっ
となにか落ちた音が隣りから響いた。

「赤目小籐次も出るのだな」

いや、と小籐次は首を振った。

「それじゃ、千両役者が欠けた宮芝居だ」

空蔵ががっかりとした顔をした。

「わしに行司方を勤めてくれとの話が舞い込んできておる」

「行司方だと。万八楼も考えたな、江都で武名高い酔いどれ小籐次様はもう大酒の会に出ないだろう。そこで行司方で華を添えさせようって魂胆か」

「まあそんなところだが、そもそも爺侍《じじいざむらい》が華になるか」

「どこから聞き込んだ話だ」

「久慈屋の大旦那が新川河岸の酒問屋の旦那衆に頼まれたらしい」

「そりゃ、間違いのねえ話だ」

「こたびの大酒会は新川河岸の酒問屋の発案だそうだ。ゆえに行司方のわしにもなにがしかの礼金が出るのだ」

「ほうほう、下り酒を精々売ろうというので、また万八楼を舞台に大酒会を企てたってわけか。新川河岸にも策士がいるな」

「どうだ、空蔵さんや。新川河岸に行って話を聞き込んでみては」

小籐次の話を腕組みして吟味していた空蔵の、

「この話、未だどこの読売屋も書いてねえな。よし、この足で新川河岸を訪ねて酒問屋の旦那衆の魂胆を聞き出してみるか。大したネタじゃねえが、二度三度と繰り返し書けるかもしれねえな」

という呟きに壁の向うから、

「ほ、ほら蔵、その仕事はおれのものだぜ」

と勝五郎の声が焦り気味に迫った。

分った、と言い返した空蔵が、

「酔いどれ様よ、この話、赤目小籐次様から聞き込んだと新川河岸の旦那衆に言っていいな」

「まあ、致し方あるまい。行司方を勤めると約束したのだからな」

よし、と箱火鉢の前から空蔵が立ち上がった。

小籐次が仕事に戻り、空蔵が傘を差して長屋を出て行き、勝五郎の安堵した吐息が伝わってきた。

残った二本の刃物の手入れを済ませ、古帆布に丁寧に包み込んだ。そこへどぶ板を踏む足音がして障子戸が叩かれた。

「赤目様、おられますか」

足袋《たび》問屋の京屋喜平方の番頭菊蔵の声がして、腰高障子が開かれた。

「ささっ、入りなされ、番頭さん」

菊蔵が、風呂敷包みを抱えた小僧といっしょに狭い土間に入ってきた。

「願かけ騒ぎは今考えると、えらい迷惑な話でしたな。赤目様の研ぎ場が久慈屋さんの店先から消えたんですからな。もうそろそろ久慈屋さんに戻ったらどうですね」

菊蔵が文句を言った。

「もうしばらくの我慢だな。あのような騒ぎが再燃したら、また在所周りで研ぎ仕事をせねばならぬ。ここは辛抱の時だ」

菊蔵が小僧に、風呂敷包みを板の間の上に下ろすように命じた。

「急ぎ仕事かね」

「こう押しつまって急ぎ仕事もないもんだが、正月芝居も始まるし、お役者衆の誂文がそれなりにございましてね」

「この雪じゃ。それがし、これより須崎村に戻って家にて仕事をしたいのだが、それでよいか」

「えっ、この雪の中、須崎村に戻られますか」

「本降りになってきた。これ以上居るといよいよ帰れなくなりそうじゃ」

と小籐次が答えると、

「京屋の番頭さん、酔いどれ様はよ、おりょう様の肌身が恋しいとよ。もう新兵衛長屋なんぞで独り膝小僧抱えて寝られないんだと」

勝五郎の声が筒抜けに聞こえてきた。

「おやおや、ここの話が筒抜けですな、内緒話もできませんな」

「番頭さんや、それがしが須崎村に逃げ帰りたい理由が分ったであろう」

「なるほどなるほど。そりゃおりょう様の傍がよいに決まってますな」

「明日までに仕上げて届ける。それでよろしいか」

頷いた菊蔵が、

「気をつけてお帰りなされ」

と言い残し、小僧といっしょに長屋から出ていった。

「ほんとうに戻るのか」

「わが家は新兵衛長屋ではない。須崎村の望外川荘じゃ」

「へえ、お大尽《だいじん》になったものだ」

勝五郎の嫌味を聞きながら小籐次は後片付けをして、最後に箱火鉢の炭を埋めた。手拭いで頬被りをして菅笠を被り、綿入れの上に蓑《みの》を着込んだ。

研ぎ道具は須崎村にも一組置いてある。ゆえに備前屋の仕上がった道具と、京屋喜平方の預かった道具だけを小舟に積み込んだ。

「ほんとうに帰るのか。湯になんぞ入ってよ、魚田《ぎょでん》でいっぱいやったほうがよくないか」

未練げに勝五郎が、堀留に舫《もや》った小舟のところに姿を見せて言った。

「この雪に屋台店が出るものか」

と答えた小籐次は、菅笠の縁を手で上げて鈍色の空を見上げた。

雪は蕭々《しょうしょう》と音もなく降っていた。だが、二日三日と降る雪ではないような気がした。

「この雪、明日は上がると見た。また明日だ」

と言い残した小籐次は、小舟を堀留の石垣から離して冷たい水に棹《さお》を差した。

堀留から御堀へ出て、舳先《へさき》を築地川へと向けた。

御堀を挟んで南側に播磨《はりま》龍野藩脇坂家の上屋敷、北側には豊前《ぶぜん》中津藩奥平家の江戸藩邸があって、石垣と塀の間を横殴りの風雪が吹き付けてきた。

海に出るといよいよ寒かろうと思ったが致し方ない。覚悟を決めて築地川から内海に出た。

風が舞って雪が四方から襲い来た。

小籐次は臍下《せいか》丹田《たんでん》と四肢に力を溜めて、櫓《ろ》を漕《こ》いだ。

佃島《つくだじま》の渡し船が揺れながら行くのが見えて、

(まだ大丈夫だ)

と己に言い聞かせ、鉄砲洲《てっぽうず》を越えて石川島を横目に霊岸島から大川河口に入り、永代橋を潜《くぐ》って西岸に小舟を寄せた。そのほうが風あたりは少ないと見たからだ。それに駒形堂で備前屋に立ち寄る都合もあった。

風に巻かれながらただひたすら櫓を漕いだ。

大川を往来する船は普段の半分もいなかった。

新兵衛長屋に別れを告げたのが、八つ半（午後三時）の頃合いか。一刻以上かかって浅草駒形堂の船着場にようやく辿り着いた。

腕がばりばりに固まっていた。

小舟をなんとか杭に舫い、備前屋の道具を小脇に抱えて雪道を走って行った。

半分表戸を下ろした備前屋では、雪まみれで表に立った破れ笠に蓑姿の小籐次を見て、神太郎が、

「赤目様」

と驚きの声を上げた。

小籐次は菅笠と蓑を脱いで雪を払った。そして、ようやく敷居を跨《また》いだ。

土間では行灯《あんどん》を灯し、火を入れて職人衆が仕事をしていた。冷たくなった小籐次の顔に火の気がふわりとかかり、痛さを感じた。

「なに、酔いどれ様がこの雪の中に現れたってか」

奥から丹前を着込んだ梅五郎が飛んで出てきた。

「ふうっ、なかなかの雪になったたな」

「まるで赤穂浪士の討ち入りだな、酔いどれ様よ」

「そんな覚悟で築地川から海に乗り出し、佃島の渡し船が往来しているのに勇気づけられてここまで来た」

小籐次は仕上げた道具を神太郎に渡した。

「おーい、酒を持ってこい。雪の中、酔いどれ様が研ぎ上がった道具を届けに見えたんだよ」

奥に向って梅五郎が怒鳴《どな》った。

「酔いどれ様、ほれ、ぼうっとしてねえで火の傍に寄らないか。こういうときは居職はいいな。雪の降る表で仕事をすることはねえものな。皆、畳職人になったことに感謝しろ」

梅五郎が職人衆を見回したが、だれも知らぬ顔だ。

「赤目様、この雪だ。まさか今日じゅうにお届け頂けるとは考えもしませんでしたよ」

と神太郎が言い、

「おーい、小僧、研ぎの要る道具を集めねえな。なあに、急ぐことはございませんでね。天気が戻った折に届けて頂ければいいんでございますよ」

と、小籐次にまた新たな仕事をくれた。

「はい、ご隠居さん」

女衆が丼に酒を注いでお盆に載せて運んできた。

「まずは一杯飲みねえ。二、三杯重ねなよ、生き返るぜ」

「ご隠居、気持ちだ。一杯だけ頂戴しよう」

小籐次はお盆の酒を両手で受け取ると、

「酒をたらふく飲んで、雪に晒《さら》されて大川なんぞに落ちて凍《こご》え死ぬなんてことになりたくないでな」

「そりゃ、そうだ。酔いどれ様は、嫁を貰ったばかりの身だ。ここで凍え死んではおりょう様が後家になる、可哀想だ」

独りで得心した梅五郎が酒を運んできた女衆に、

「酒は貧乏徳利に詰めて渡すんだ」

と命じた。

小籐次は丼の酒をきゅっと喉を鳴らして飲んだ。口の中では冷たさを感じたが、喉に落ちていくと体がふうっと温かくなった。

「生き返った」

そこへ嫁のおふさが包みを下げて姿を見せた。

「お父つぁん、今日は赤目様をお引き止めしちゃあだめよ。早く須崎村に戻られたほうがいいわ」

と言った。

「赤目様、頂戴ものだけど、河豚《ふぐ》と鶏肉が入っているの。鍋にすると体が温まるわ」

と差し出した。

「仕事を貰った上に、頂戴ものをうちで横取りしては相済まぬ」

「うちは大所帯だからたくさんもらったの。赤目様とおりょう様と駿太郎さんの食べるくらいなんでもないわ」

「おい、神太郎、研ぎ代は払ったか」

「親父、心配ねえよ。包みの中に入っているって」

と応じた神太郎が、

「小僧、酔いどれ様の荷を船着場まで運んでいきねえ」

「なにからなにまで相済まぬ。慌ただしいが本日はこれで失礼する」

小籐次は再び菅笠と蓑を着込んで、包みを両手に下げた小僧といっしょに表に飛び出した。

「わあっ、すごい雪だ！」

と小僧が喜んで包みを振り回した。

「これ、小僧さん、道具を振り回すでない。包みを一つ、わしに渡すのだ」

と小僧から一つを受け取り、二人して雪の中を駒形堂まで走って行った。

小籐次が小舟に飛び降り、小僧がもう一つの包みを渡してくれた。

「助かった。皆に重ねて礼を言うてくれ」

と願うと、舫い綱を解いて小舟を再び流れに乗せた。

わずか四半刻もしない内に視界はさらに悪くなっていた。

「赤目様、気をつけてね」

小僧の赤くなった素手が別れを告げた。

最後の力を振り絞って小籐次は櫓を漕いだ。

雪交じりの風は、行く手から吹き付けてきて小舟の進路を妨げた。それでも小籐次の来島《くるしま》水軍流の櫓さばきでわずかずつ上流へ、須崎村へと大川を斜めに切り上がって望外川荘へと近づいていった。

必死に格闘すること半刻、なんとか小舟を隅田川から湧水池の船着場へと入れた。

その瞬間、小籐次は風雪の中からこちらを見詰める監視の眼を感じていた。最前、備前屋で頂戴した酒と、その後の雪との格闘がもたらした、

「錯覚」

と思った。だが、殺気の籠った、

「眼」

はどこからともなく小籐次の動きを見詰めていた。

(何者か)

小籐次は寒さに凍えた両手を擦り合わせて船着場の杭に舫い綱を結んだ。

その瞬間、監視の眼が消えていることを小籐次は察していた。

第二章　親子水入らず

一

極楽だ。帰るべき家があり、待っている家族がいる。なんとも幸せだった。

ふうっ
と息をついて両手で湯を掬《すく》い、小籐次は顔を洗った。

望外川荘に戻り着いて半刻後、湯船に浸かり、雪中の舟行の寒さを振り返っていた。湯は下男の百助《ももすけ》がおりょうの命で沸かしてくれていたものだ。

「父上、いっしょに湯に入ってよろしいですか」

脱衣場から声がして、近頃一段と体がしっかりとしてきた駿太郎が入ってきた。

「寒かろう。さあ、湯船に浸かれ。極楽じゃぞ」

駿太郎が掛かり湯を使いながら、

「新兵衛さんはどうでした」

と尋ねた。

「相変わらずだな。お題目を唱えておられる」

とそこへ脱衣場に人の気配がして、

「備前屋さんに頂戴した河豚で鍋にします」

とおりょうの声がした。

下拵えは通いの女衆が済ます。だが、本日はすでに家に戻っていた。そこで急《きゅう》遽《きょ》おりょうが河豚を生かした鍋料理に変えたのだ。

「湯に入り、河豚鍋を食すか。最前まで小舟の上で雪に塗《まみ》れて震えていたことが嘘のようじゃな」

と答えた小籐次が言い添えた。

「おお、そうじゃ。駿太郎、春になったらお夕ちゃんの代参の供で身延山久遠寺に行くことになったぞ」

新兵衛の一件でお麻のところで昼餉を呼ばれ、その場でその話が出たことをざっと告げた。

「お夕ちゃんの家でも同じことを考えていたのだ」

「父上が供なればお夕ちゃんも安心だな」

駿太郎が呟いた。その語調に少しばかり寂しさがあった。

脱衣場のおりょうは黙っていた。

「駿太郎、いっしょに行かぬのか」

「えっ、身延山に駿太郎も同道してよいのですか」

「そなたの母もそなたもお夕ちゃんに付き添う」

「うわー、やった！」

駿太郎が湯船で叫んだ。

ふっふっふふ
笑い声が脱衣場からしておりょうの気配が消えた。

「旅は好きか」

「大好きです」

駿太郎が答えた。

小籐次は、駿太郎が物心つく前から、実父須藤平八郎の背に負われて旅をしていたことを思い出していた。

駿太郎が肌の温《ぬく》もりを感じていた父は、もはやこの世の人ではない。播州赤穂藩の中老新渡戸《にとべ》白堂が雇った刺客、心地流の遣い手が駿太郎の父親だった。

須藤平八郎は赤目小籐次との勝負に、刺客としてではなく武芸者同士の尋常な立ち合いを望み、その結果、小籐次が勝ちを得て生き残った。

その勝負を前に須藤は、

「それがしが死に至ったときには、駿太郎のこと、赤目小籐次どのに託したい」

と願っていた。

そんな曰《いわ》くがあって駿太郎を小籐次の子どもとして育てることにした。だが、今や駿太郎は、赤目小籐次が父ではなく、実父須藤平八郎を討った相手として承知していた。

おりょうの門弟の季庵《きあん》こと塩野義佐丞《しおのぎさすけ》が、魂胆あって駿太郎に、

「真実」

を喋ったからだ。

その折、駿太郎の気持ちは激しく動揺した。そのことを知ったお夕が、「弟」の駿太郎を諭《さと》して立ち直らせていた。

小籐次と駿太郎の間に横たわる曖昧なる亀裂だった。その溝をおりょうが繋ぎ止めていた。

「父上、背中を流します」

「おお、流してくれるか」

そんな会話をおりょうは、脱衣場の外で聞いていた。そして、

(私たちは家族なのだ)

と強い気持ちで感じていた。


小籐次と駿太郎が湯から上がったとき、望外川荘の台所の板の間の囲炉裏《いろり》に鍋がかかり、温かそうな湯気が立っていた。

飼い犬のクロスケも特別に囲炉裏端《ばた》に蓆を敷いて、囲炉裏の温もりを感じながら丸まっていた。すでにおりょうがクロスケには餌を与えていた。

おりょうが酒の燗をつけて小籐次の元に運んできた。

「酒か」

「おや、どうなされました」

「今晩、少し仕事をしようと思うておった。京屋喜平方と備前屋の道具を預かっ

てきておるでな」

「明朝早く起きて為されませ。今日は雪の中無事に戻ってこられたのです」

おりょうが小籐次の傍らに座り、小籐次に燗をした徳利を差し出した。

「正直申すとな、備前屋さんで丼一杯の酒を馳走になった。雪まみれで飛び込んだでな、隠居の梅五郎さんが急ぎわしに飲ませるように持ってこさせた酒であった。燗酒となるとまた格別、そうか、明朝早く起きて仕事を為すか」

己の気持ちを納得させた小籐次は、おりょうに酌をされた燗酒を口に含み、囲炉裏の火を見詰めながら飲み干し、

「至福の時じゃな」

と思わず感嘆した。そして、おりょうに空になった盃を渡して、酒を注ぎ返した。

「かように寒い師走の宵《よい》の酒は格別でございますね」

と言いながらおりょうがゆっくりと燗酒を口にし、小籐次を見た。

「甲州路は未だ雪の中でございましょうね」

「江戸にかように雪が降っておるのだ。身延山は、山中ゆえ雪も積もっていようし、さぞ寒かろう」

おりょうが小籐次と駿太郎に、河豚と野菜を器に取り分けて渡した。酢醤油を河豚にかけた駿太郎が、

「頂きます」

と箸をつけて口に運び、

「おお、美味いぞ」

と感嘆の声を上げた。

「音もなく降る雪、熱燗の酒の温もり、河豚鍋がぐつぐつと煮える音。そのうえ愛しの家族がおる。これ以上の贅沢はないな」

と小籐次が思わず呟き、独酌で酒を注いだ。

「赤目小籐次、歌人の才がございます」

「それはない。酒の酔いがいわせた言葉よ」

「歌人も同じこと。頭に浮かんだ言の葉をどう律動を考えながら組み合わせ、練り込み、削り込むかだけにございます」

「こちらはなんの考えもない、ただの思い付きじゃ」

と苦笑いした小籐次におりょうが、

「おお、そうでした。あいの後任が決まりました」

「小梅村の百姓の次女で十五歳ですが、素直な人柄のよい娘です。百助の知り合いの娘です。正月松の内が明けたら望外川荘に移ってきます」

「なに、決まったか」

「それはよかった。名はなんだ」

「父上、お梅さんです」

「なに、小梅村生まれのお梅か」

「四男三女の子だくさんの家ゆえ、名を付けるのにあまり真剣に考えなかったのかもしれません」

とおりょうが笑った。

行儀見習いのあいが奉公を辞したために、望外川荘では小女《こおんな》を求めていたのだ。

「甲州に旅する折、百助とお梅がいれば安心して留守番を任せられるな」

「クロスケはどうします、父上」

駿太郎が二杯目の河豚鍋をおりょうによそってもらいながら聞いた。

「犬連れの旅はいささか面倒でな」

「犬は独り旅すると聞いたことがございます」

「駿太郎、それはお伊勢参りの犬じゃ。背中に竹柄杓《たけびしゃく》をくりつけてやるとな、大勢の伊勢詣での人々に助けられながら旅するそうな。格別なことよ。クロスケは須崎村で留守番じゃな」

小籐次に言われたクロスケが薄目を開けて家族を見回した。

「クロスケは留守番ですか」

駿太郎が残念そうに呟いた。

「こたびの道中の主《あるじ》は、新兵衛さんの代参のお夕ちゃんじゃからな。われら三人は供じゃぞ」

「そうか、私どもは供ですか」

駿太郎が言い、

「ほんとうはお麻さんもいっしょに身延山に参られたいでしょうね」

とおりょうが小籐次に質した。

「行きたいであろうな。父親の代参ならば娘のお麻さんが参るのが順当じゃが、新兵衛さんを残して桂三郎さん一人にあとを任せておけまい。新兵衛さんの世話に差配の仕事、本職の錺職人の仕事もあるでな」

「やはり無理ですね」

とおりょうが言った。

この夕餉、小籐次は一本の酒を飲んで河豚鍋を菜に飯を食べ、満足した。

「雪は未だ降っておるか」

「涔々《しんしん》と降っております」

「囲炉裏端で雪の気配を感じておるのはなんとも幸せな気分じゃな」

「父上は最前から同じ言葉を繰り返しておられます」

「そうか、そうであったか。なぜか幼い折から雪が降る音を寝床で感じておるのが好きであった。なぜであろうかな」

小籐次も駿太郎と同じように、母を知らぬままに父親の伊蔵に育てられた。いや、森藩の下屋敷で育ったゆえ、母親が存在しないことに格別寂しさは感じなかった。

母のおさいはこの屋敷の勝手女中で伊蔵と所帯を持ったが、小籐次を産んだ直後に産褥熱《さんじょくねつ》に侵されて亡くなっていた。母親がおらぬことを小籐次が意識するようになったのは、十歳を過ぎた頃のことだった。

「駿太郎はどうですね」

おりょうが駿太郎に聞いた。

「雪ですか。寒いだけです」

「駿太郎は歌人にはなれそうにありません」

とおりょうが笑った。

「おりょう、駿太郎が大きくなればまた違った考えも湧いてこよう。ただ今は剣術であれ、読み書きであれ、旅であれ、多くのことを学ぶときだ。わしは母親の顔も知らぬ分、父について来島水軍流の剣術を手厳しく叩き込まれただけの人間であった」

小籐次の言葉に駿太郎が、はっ、とした。

「父上は母上のお顔を知らぬのですか」

「わしを産んで直ぐに亡くなったでな、母の顔も肌の温もりも知らぬ。雪の夜、布団の温もりを感じておったが、それは母の温もりを求めておったのかもしれぬ」

「父上と駿太郎は同じだ」

とぽつんと駿太郎が呟いた。

「いや、違う」

「どう違うのです」

「そなたには母がここにおる」

「はい」

「そして、赤目小籐次様という天下無双の父親もおられます」

とおりょうが言い添えた。

しばしの間があって駿太郎が、

「はい」

と返事した。

駿太郎の一瞬の沈黙の意味を気付かなかったように、小籐次が言った。

「赤目小籐次、おりょうに出会うて、駿太郎もおる。こうして三人一緒に暮らす幸せに恵まれようとは考えもせなんだ。これ以上のことは望むべくもない」

「それはおりょうとて同じことです」

二人の会話に駿太郎がこくりと頷いた。

翌早朝、小籐次が雨戸を開いたとき、雪景色が一面に広がっていたが雪はすでに止んでいた。

小籐次は囲炉裏端に研ぎ場を設けて、京屋喜平方と備前屋の道具の手入れに精を出した。

目途《めど》がついたのは八つ半のことだった。

外を見ると雪が陽射しにきらきらと光り、風もない。

「おりょう、大晦日《おおみそか》が近い。どこも道具は要ろう。届けて参る」

おりょうに断わり、船着場から小舟を出そうとすると、腰に小さ刀を差した駿太郎とクロスケが飛んできて、

「父上、クロスケといっしょに行きます」

「母上には断わってきたか」

「許しを貰ってきました」

小舟に駿太郎とクロスケを乗せ、湧水池から隅田川へと出た途端、眩しいほどの光が川面《かわも》に反射して駿太郎と小籐次の眼を射た。

「父上、御城も浅草寺も雪をかぶっていつもと違うようです」

駿太郎の言葉に、櫓に手を添えながら川向うの江戸に目をやり、

「知らぬ町並みを見ておるようだな」

と答えながら、駿太郎にはもはや合口《あいくち》拵えの小さ刀ではおかしいなと考えていた。

背丈が今や、五尺一寸の小籐次と同じか、少しばかり追い越していた。この一

年余の内に小籐次のそれをはっきりと越えることは間違いない。

近々駿太郎に鍔《つば》をつけた脇差を下げ渡そうと、小籐次は考えた。

須崎村から駒形堂まで、あっという間であった。

「駿太郎、京屋方の道具を舟に残しておくでクロスケと見張っていてくれぬか。備前屋は届けるだけだ。直ぐに戻る」

小籐次が言い残し、雪の船着場から河岸道に出て備前屋に向った。

「おお、早いな。もう仕事を済ませたのか。師走はそうじゃなきゃならねえ。おい、神太郎、酔いどれ様に研ぎ代を奮発しろ」

梅五郎が研ぎ場を造ろうと職人を手招きした。

「あいや、ご隠居、研ぎ代は昨日十分に頂戴しておる。それに河豚を頂き、賞味した。雪の夜になんとも河豚鍋は美味であった」

「そりゃ、よかった。仕事はおしめえか。ならば、酒を」

「ご隠居、芝口橋までもう一軒研ぎ上がった道具を届けに参る。本日はこれにて失礼いたす」

「な、なんだよ。愛想なしだな」

小籐次から道具を受け取った神太郎が、

「親父、師走だぜ。親父と遊んでくれるものは猫だっていねえよ」

梅五郎に言い、

「赤目様、正月前にもう一遍顔を出してくれませんかね」

と願った。

「神太郎さん、そういたそう。本日はこれにて」

と帰りかけると、

「酔いどれ小籐次め、冷てえな」

という梅五郎の未練な言葉が追いかけてきた。そして、

「よし、船着場まで見送ろう」

と雪道を梅五郎が従ってきた。

「親父、うるさく付きまとうんじゃないよ」

神太郎が諭したが、梅五郎は片手に煙管《きせる》を持って小籐次を追ってきた。

「あれ、駿太郎ちゃんと犬まで連れてきていたのか」

梅五郎が頓狂《とんきょう》な声を上げた。見ると船着場に駿太郎とクロスケがいて、四人の無頼の徒に囲まれていた。

「子ども相手になにをしようてんだ。おれが懲《こ》らしめてやる」

梅五郎が煙管を振り翳して走り寄ろうとするのを、小籐次が袖を引っ張って止めた。

「見ておるのだ、ご隠居」

「こ、子どもを相手に四人の男がなんぞ悪さを仕掛けているのだぞ。助けなくちゃ」

「まあ、見ておれ」

二人は河岸道から船着場を見下ろす恰好《かっこう》になった。

「おい、舟を貸せと言っているんだよ」

「最前から申しました。これは父上の大事な仕事用の小舟です。なりませぬ」

駿太郎が答えると、ひょろりと背の高い無頼の徒の一人が迂闊《うかつ》にも歩み寄り、駿太郎の襟首《えりくび》を摑《つか》もうとした。

一瞬、踏み込んだ駿太郎の足が股間を蹴り上げた。

「ああー」

と悲鳴を上げて両手で股間を抑えると、その場にしゃがみ込んだ。

「この餓鬼、やりやがったな」

と残った三人がなんと匕首《あいくち》を抜いた。

「こ、子ども相手に、ぬ、抜きやがったぞ」

「黙っておれ、ご隠居」

駿太郎が小さ刀を抜くと、踏み込んできた三人の中に大胆にも飛び込み、左右に揮った。

たちまち三人の手にしていた匕首が雪道に落ち、手首から血がぼたぼたと滴った。三人は手首を斬《き》られて茫然としていた。

「な、なんだ。ど、どうした」

「見たであろうが、梅五郎さん」

「速くて分からなかった。まるで酔いどれ小籐次の再来だな」

「わが子ゆえな。また会おう」

と小籐次が河岸道から船着場に下りていった。

二

小籐次が次に小舟を止めたのは、御堀に架かる汐留橋《しおどめばし》であった。

「お夕ちゃんに会って来ます」

と言い残した駿太郎とクロスケが下り、新兵衛長屋に向って走って行った。

小籐次がさらに上流の芝口橋の久慈屋の船着場に小舟を止めようとすると、荷運び頭の喜多造らが雪かきをしているのが見えた。

「おや、雪の中を見えましたか」

喜多造が声をかけてきて言い足した。

「つい最前まで読売屋の空蔵さんがうろうろしていましたぜ」

「空蔵さんがな。わしは京屋さんの研ぎ物を届けにきただけだ」

と答えた小籐次から喜多造が舫い綱を受け取り、小籐次は京屋から頼まれた道具の包みを船着場に上げた。

「ちょいとだけ留めさせて下され」

と願った小籐次が芝口橋際に上がると、空蔵が大番頭の観右衛門と話していた。

「おっ、来た、来た。おりょう様に尻を叩かれて仕事に出てきたか」

「空蔵さんや、おりょうの一語は余計なお節介だ。わしは京屋さんに届けに来ただけだ」

小籐次は空蔵に声をかけ、観右衛門に会釈をして京屋喜平方に向った。

「おお、約束どおりですな」

と菊蔵が小籐次を迎え、

「師走ゆえ少しでも早くと届けに参った。研ぎ上がりを調べてくれぬか」

と小籐次は包みを店の上がり框《がまち》に置いた。

その声に職人頭の円太郎親方が奥から姿を見せて、

「赤目様、急ぎ仕事をさせてすいませんね」

と詫《わ》びた。

「なあに、正月から幕が開く芝居のお役者衆に、円太郎親方が拵えた真新しい足袋で出てほしいからな」

「赤目小籐次様の気持ちを伝えたら役者衆は大喜びしますぜ」

そして包みを解くと、

「赤目様の研ぎ仕事だ、調べる要もないがね」

と言いながら、截《た》ち鋏《ばさみ》を手に刃を表の雪明りに向けて見て、

「ふっふっふ」

と満足げに笑った。

「赤目様、今年も世話になりました。お蔭で気持ちよく仕事をさせて貰いました」

「礼を申すのはこちらのほうだ。願かけ騒ぎでは迷惑をかけた」

「まだ久慈屋さんに研ぎ場を設けるのは早いですかね」

菊蔵が小籐次に尋ねた。

「番頭さん、春まで間をあけて研ぎ場を改めて開く。それまでは註文取りにしばしば参る」

「松の内にもう一度来て下さいよ」

と菊蔵が研ぎ代の包みを小籐次に差し出した。

「来春はな、松の内は仕事をゆっくりと休むつもりだ。だが、それが明けたら前のように久慈屋に研ぎ場を設けるつもりじゃ」

と答えながら小籐次が包みを受け取り、

「番頭さん、いささか多くはないか」

と言った。

包みの中は一両小判だった。

「旦那がね、今年一年世話になった、赤目様の研ぎ代に祝儀をつけろと言いなさるで、いつもより少しばかり多目に包んでおきました」

「旦那にお礼を伝えて下され。皆の衆、よいお年をな」

「赤目様こそよい新年を」

師走恒例の挨拶をして京屋から久慈屋に戻った。

「赤目様、新川河岸の件、話が違うぞ」

と、空蔵が早速文句をつけた。

「どう違う」

「こたびの大酒会、新川河岸の旦那衆の発案というたな」

「そう聞いた」

「うちの大旦那も新川でそう聞かされたというておられました」

小籐次と観右衛門の言葉に空蔵が、

「いやね、新川でもなければ万八楼の考えでもない。なんでも景気づけにと城中からのお達しがあってのことだそうだ」

「町奉行所の指図か」

江戸町奉行所の主たる役目は、

「治安と景気」

の保持だ。

江戸の町が賑わいをみせるための企ては、町奉行所の管轄《かんかつ》といえた。

「いや、それが城中直々《じきじき》らしい。だが、新川の旦那衆も、その指図をしたのがだれかはっきりと言わないのだ。伏見屋の旦那も、赤目様に関わりがある話ですが、御城から固く口外を禁じられていると困った顔でございましたよ」

「伏見屋の旦那がね、おかしいな」

「おかしいやね。だが、城中からのお達しでも、巷に景気づけしようという考えならば、それはそれで悪くない。粋な計らいなのに、何か魂胆でもあるのか」

と空蔵が言い、小籐次も首を捻った。

「まあさ、悪い話ではなさそうだし、新年早々に読売に書いてばらまくぜ」

「勝五郎さんの餅代にしておくれ」

「ああ、これから行くところだ」

「ならば舟に乗っていかぬか。駿太郎とクロスケが新兵衛さんのところにおるでな、迎えに参るところだ」

「乗せてもらおう」

空蔵が小舟の同乗を願った。

小籐次が久慈屋の一同に別れを告げようとすると、国三が、

「赤目様、お持ち帰りの道具ですよ」

と研ぎの要る刃物を古布《ふるぎれ》に包んで抱えていた。

「なに、研ぎ仕事か」

「おや、もう年の瀬は店仕舞いですか」

「大番頭どの、そのような贅沢は言えません。来春に身延山に代参の付き添いで参ることになりそうでな、少しでも路銀は稼いでおきたい」

「おや、代参ですと。だれの代参ですね」

観右衛門が訊くので事情を告げた。

「ああ、たしかに新兵衛さんは日蓮宗の信徒でしたな」

「呆けた年寄りの代参に酔いどれ小籐次が甲州路に向う。なにかいけそうな」

観右衛門の言葉を受けて、空蔵が商売気を出して首を突っ込んできた。

「おまえさん、なんでも商いのタネにしようというのは悪い考えじゃぞ。親しき仲にも礼儀、いや分というものがあるでな。それに代参はお夕ちゃんだ、わしら一家は付き添いだ。さような代参まで読売に書かれれば赤目小籐次、いよいよ世間が狭くなる」

小籐次は空蔵に釘を刺した。

「そうでしたか、新兵衛さんは亡き親父さんの大五郎さんを思い出してお題目を唱えておりましたか」

「大番頭さん、そうじゃねえよ。ただ頭の中でこんがらがってよ、思い付いた考えが口を衝いてよ、それが止まらなくなっただけだよ」

「空蔵さん、そういえば身もふたもない。新兵衛さんは過日神隠しにも遭《あ》いましたな。これはあちらの国から親父さんやおっ母さんが呼んでおる証《あかし》ですよ」

と観右衛門が言い、小籐次も頷いた。

「で、赤目様がお夕ちゃんの供で参られますので」

と観右衛門が念を押した。

「お麻さんは差配の仕事に新兵衛さんの世話がある。亭主の桂三郎さんは錺職の註文が絶えないとなれば、お夕ちゃんが代参するしかない。それがし一家三人が、来たる年の厄落としに身延山久遠寺に参ることに決めた」

ふむ、と空蔵がなにかを思い付いたか、思案する顔になった。

「最前も申した。なんでもかんでも読売のタネにしようとするから、こちらが拝まれる羽目に遭う。よいな、信心に商売はなしだ」

ちぇっ、と空蔵が舌打ちした。

国三がすでに小舟に道具を積んで、舫い綱を解いていた。

「すまぬな、国三さん」

「いい話ですね。代参なんて」

と国三が言い、

「お夕ちゃんが奉公に出る前に旅をするのは悪くございません」

「そういうことだ」

と応じた小籐次と黙り込んだ空蔵が小舟に乗り込み、

「明日の昼下がりに届けるでな」

と言い残した小籐次は、小舟を御堀の緩やかな流れに乗せた。

「赤目様、明日こっちの餅搗《もちつ》きなんです。台所で女衆が糯米《もちごめ》をといだり、臼《うす》や杵の手入れをしています」

「そうじゃな、いよいよ年の瀬も押し詰まって餅搗きの時節か」

どこからともなく餅を搗く音が船着場に響いてきた。

両岸には残った雪が見えて、昨日ほどではないが寒い夕べだった。

空蔵は、餅搗きの音も耳に入らないようで未だなにか考え込んでいた。

「いつもいつも商いのことを考えておると、碌《ろく》なことにはならぬ。大酒会の話で我慢せよ」

「ああ」

生返事が空蔵から返ってきた。

こういうときは空蔵の頭が目まぐるしく回り、なんぞ考えているときだ。

ともかく触らぬ神に祟《たた》りなしとばかり、小籐次は黙っていた。

御堀から堀留に小舟を入れると、新兵衛長屋から勝五郎の悲鳴のような叫び声が響いてきた。

「お題目をよ、長屋でやるのは止めてくんな。頭がおかしくなるぜ」

その声に呼応するように、新兵衛の間の抜けたお題目とクロスケの吠え声が重なって、堀留の水の上に流れてきた。

「おい、酔いどれ様よ、考えてみれば新兵衛さんは幸せだな。死んだ親の思い出に浸って生きていられるんだものな。この世とあの世を往来できるのは新兵衛さんだけだもの、先に呆けた者が勝ちだ」

空蔵が言った。

「父上」

駿太郎の声がして、

「わが長屋には変わりはなかったか」

小籐次は小舟を石垣に寄せながら、長屋の敷地に立つ駿太郎に尋ねた。

「おしんさんがお見えになりましたが、師走の挨拶だそうです。父上に会えなかったのは残念と言い残して帰られました」

「なに、年の瀬におしんさんじゃと」

「格別に急ぎの用はないと念を押されました」

「そうであったか、わしも青山様の屋敷に顔を出さんとな」

駿太郎がお夕に、

「またね、お夕ちゃん」

と別れの言葉を告げた。

空蔵が小舟から長屋の敷地に這いあがり、代わりに駿太郎とクロスケが飛び込んできた。勝五郎が、

「空蔵さんよ、仕事だろうな」

と空蔵に迫っていた。

「まあ、大酒会の催しの片棒を担ごうという話だ。大した仕事じゃないよ、勝五郎さんよ」

「続き物のような大きな話はねえのか」

「それがあれば苦労はせぬ」

空蔵が石垣を離れる小舟の小籐次を見た。

「年明けに須崎村を訪ねていくぜ」

「打出《うちで》の小槌《こづち》ではない。須崎村に訪ねてきてもわしもおりょうも開店休業中だ、読売のタネはないぞ」

「まあ、二、三日考えてみるよ」

と空蔵が言い、

「お夕ちゃん、さようなら」

と駿太郎が言い、敷地から新兵衛のお題目が伝わってきた。

築地川に差し掛かったとき、

「父上、今日も桂三郎さん、お夕ちゃんが奉公する親方を探しにたちばな屋さんを訪ねられたそうです」

「首尾はどうであったな」

「娘を修業させるところはなかなか見つからないそうです」

「桂三郎さんが手元に置いて教え込むのが一番よかろう。お夕ちゃんはしっかり者ゆえ、父親じゃからというて甘えることもあるまい」

小籐次のいつもの言葉に頷いた駿太郎が、

「お夕ちゃんは口にはしません。でもきっと桂三郎さんの下で修業するのを夢見ているると思います」

「分るか」

「だって、駿太郎さんが羨ましい、とお夕ちゃんが呟いていました」

「羨ましいとはどういうことか」

「駿太郎の剣術の師匠は赤目小籐次、父上だからです」

小籐次は駿太郎の口から出た言葉に虚を突かれた。

小舟の上にしばし沈黙があった。

「よいのじゃな。わしが剣術の師匠で」

「はい。父上は天下無双の武芸者にございます」

駿太郎が言い切った。

小籐次の胸の中に温かい喜びが広がった。だが、いつまでこのような幸せが続くのであろうかと、危惧《きぐ》もした。

駿太郎の実父の須藤平八郎の命を絶ったのは小籐次だった。

そのことをすでに駿太郎は承知していたが、全面的に納得し、小籐次を、

「真の父」

と考えるようになるまでには、幾たびの葛藤や苦悩に直面するであろうと小籐次は案じていた。一つ一つ壁を乗り越え、難儀を克服して真の父親になるしか、

「血の絆」

を超えることはできまい、と小籐次は覚悟を新たにした。

「駿太郎、櫓を漕ぐのを手伝え」

「はい」

胴の間から立ち上がった駿太郎が、小籐次と並んで櫓に手を添えて力を入れた。

「手で漕ぐのではないぞ。腰で漕ぐのだ。剣術も櫓も手先のうちは本物ではない。腰で漕ぎ、腰で剣を使うようになって一人前だ」

「はい」

顔を真っ赤にして駿太郎が櫓に縋《すが》り、親子で江戸の内海の波を乗り切り、大川河口へと小舟を入れた。

小舟が須崎村の湧水池の船着場に着いたとき、小籐次は昨夜と同じような、殺気の籠った視線を感じていた。

クロスケが真っ先に船着場に飛び上がって、
わんわん
と吠えて帰宅を高らかに告げた。

駿太郎は小舟の舫い綱を杭に縛り、小籐次が久慈屋からの預かり物の道具を抱えて小舟を下りた。

「これ、クロスケ、独り騒ぐでない」

と興奮して走り回るクロスケを制すると、クロスケは動きを止めて小便をした。

小籐次は駿太郎とクロスケを伴い、林から望外川荘の庭に出た。

茶室の不酔庵《ふすいあん》も母屋もすでに雨戸が閉じられて、ひっそりとしていた。

雪が残った師走の宵だ。

いつもより早く百助が戸締りをしたのであろう。

まず小籐次らは母屋の裏口から台所に戻った。

「お帰りよ」

と通いの飯炊きのおとくが迎えた。

「変わりはないか」

「ねえな」

とおとくが答えた。

「クロスケ、餌が出来ておるぞ」

と残り飯に味噌汁と煮干しを塗《まぶ》した丼を与えた。するとクロスケが喜びの吠え声を上げて丼に食らいついた。

「駿太郎、母上に挨拶してこよ。小舟に物を忘れたゆえ取りに戻る」

と言った小籐次は、裏戸から再び雪の残る庭に戻ろうとした。

百助が寝起きする納屋に灯《とも》りが点っているのを確かめた小籐次は、湧水池の船着場に戻った。

殺気が籠った視線は消えていた。

二日続けてのことだ、勘違いの筈《はず》はない。

雪明りで確かめた船着場に異変はなかった。

「やはり思い違いか」

と戻ろうとしたとき、舫い綱を打った杭に藁人形《わらにんぎょう》が五寸釘で止められているのが目に留まった。

「なんの真似か」

藁人形を止めた五寸釘を上下に揺すって抜くと、藁人形を見た。そこに、

「呪　赤目小籐次」

の朱色の文字が書かれていた。

「赤目小籐次相手に小細工か」

と漏らした小籐次は、五寸釘の刺さった藁人形を湧水池に放り込んだ。すると五寸釘の重みで、藁人形が水中へぶくぶくと沈んでいった。

三

前日にも増して、江戸は穏やかで温かな日和であった。須崎村界隈には日蔭に雪が残っていたが、もはや川向うの町並みには白いものは見えなかった。

小籐次は縁側に研ぎ場を設けて、駿太郎に手伝わせて久慈屋の道具の手入れをした。

昼餉も縁側の研ぎ場でおりょうが作った煮込みうどんを食し、さらに仕事を続けたので、九つ半（午後一時）過ぎには研ぎ終わった。

小籐次は、駿太郎に手伝わせて道具を小舟に積み込み、

「駿太郎、着換えて参る。待っておれ」

と声をかけるといったん望外川荘に戻った。

「父上、私も芝に行ってようございますね」

と駿太郎が願い、

「本日は久慈屋さんの餅搗きじゃ。よかろう、連れていく」

と小籐次が許しを与えた。

駿太郎は、

「よいか、クロスケ。年の瀬はよからぬことを考える者が現れる。母上だけが須崎村に残っておられるのだ。しっかり番をせよ」

と言い聞かせた。

「おりょう、出かけてくる」

「久慈屋様方に年の瀬のご挨拶を、私の代わりにお願い致します」

「帰りに正月用の餅を頂戴して参る」

小籐次が答え、庭を突っ切って茶室の不酔庵の傍らを抜けて、船着場への林に入って行った。

寒さを気にしたか、菅笠を目深《まぶか》に被り、愛刀次直《つぐなお》と脇差を腰に差した小籐次が船着場に姿を見せると、舫い綱を解いた。

小舟に乗り込んだ小籐次を確かめた駿太郎が、器用に来島水軍流の棹使いで小舟を湧水池に出し、流れから隅田川へと向わせた。

その様子をクロスケが密《ひそ》かに見ていたが、致し方ないという感じで望外川荘に戻って行った。

そのクロスケが不酔庵の傍らで足を止め、小首を傾《かし》げるような仕草をしたが、おりょうの、

「クロスケ、戻っておいでなされ」

の声に慌てたように縁側に走り戻り、沓《くつ》脱ぎ石の上の陽だまりで丸くなって座った。

望外川荘の建物は、庭越しに南西に向って、御城と富士山が縁側から正面に遠望できるように建てられていた。

ために朝の間は、陽射しが横手から差し込んだが、昼を過ぎると冬の低い位置にあるお天道様の光が正面から差し込んできた。

おりょうは、最前まで亭主が研ぎ場を設けていた縁側を片付けて、春の温かさを感じさせる陽だまりで、門弟衆に宛てた文を書き始めた。

そんな風に穏やかな刻《とき》が過ぎていった。

七つ（午後四時）の刻限、師走の傾いた西日が江戸の町と隅田川の流れを照らし出した。

望外川荘から隅田川と江戸の町並み越しに夕陽を眺めるのが、おりょうは好きだった。

雪を被った富士山を背景に、陰影に富んだ千代田城と江戸の家並みの甍《いらか》が浮かび上がって、なんとも美しい。

（なんと贅沢なひとときか）

それもこれも赤目小籐次という稀代の人物に出会うたからだ、とおりょうは身の幸せを感じた。

そんな様子を監視の眼が見ていた。

久慈屋は餅搗きだという。

ならば、小籐次と駿太郎の帰りも日が落ちたあとであろう。いや、今年最後の研ぎ上がった道具を久慈屋に届けるのだ、酒が出よう。としたら帰りは五つ（午後八時）過ぎになる、と監視の眼は考えた。

監視に加わっていない頭領の命を忘れた。

望外川荘にはおりょうの他に老爺《ろうや》と犬がいるだけだ。

(よし、ひっ捕らえて頭領への土産《みやげ》に致そうか)
と考えた。
手勢は自らを含めて三人だが、女子一人を捉まえるのには十分過ぎた。
雨戸が閉じられる日没の刻限を待つことにした。
仲間二人には老爺と犬の始末を命じ、一気におりょうを捉まえる企てだった。
船は湧水池の蘆原《あしはら》の中に、日によって場所を変えて止めてあった。
日が静かに沈んでいく。
縁側から立ち上がったおりょうが、独り黄金色に輝く残照を眺めていた。
戸締りする老爺がそろそろ姿を見せてもよい刻限だ。
ここ数日、望外川荘を見張ってきた今村野火八《のびはち》らは、蘆原に留めた船を出ると
林伝いに望外川荘に向った。
師走の日没は急速に暗さを増していた。
茶室を栖に庭へと出ようとした雑賀衆《さいがしゆう》野火八ら三人の前に、小さな影が立ち塞がった。
どうやら不酔庵のにじり口から姿を見せたようだ。
「何奴か」

と影が聞いた。

今村野火八は、虚を突かれたようで無言を守った。今村ら三人は腰に大小を差し、武芸者の形《なり》であった。

一方影は、腰に一剣のみを携えていた。

孫六兼元《かねもと》だ。

「赤目小籐次」

野火八の口からこの言葉が漏れた。

「見張りが相手を見間違うては、役目を果たせまい」

小籐次が薄く笑ったのは、今村ら監視の失態を詰《なじ》ってのことではない。小籐次の代役を勤めた百助の、二本を差したへっぴり腰を思い出し、おかしかったからだ。

昨夜、納屋の百助を訪ねて小籐次の代役を願い、指南した。

背丈は百助のほうが一寸五分ほど高かったが、遠目には区別がつくまいと思った。だが、即席の侍は刀を差したときに歴然と分った。

無理もない。

大小を長年差し続けた武士には、独特の体の構えと歩き方が出来上がる。むろん武士といえども一人ひとりそれぞれ微妙に体付きは異なったが、刀を差さずに暮らしてきた町人とは明らかに違った。

だが、小籐次の丁寧な指南もあって、不酔庵に隠れていた百助は、そこで小籐次と入れ替わり、なんとか湧水池の船着場まで「赤目小籐次」の代役を果たした。

小籐次の前に立つ三人の武芸者は、その入れ替わりを見落とした。

一方こちらも刀を差し慣れてはいても武士ではなかった。

「偽装だ」

と小籐次は思った。

「おのれ」

三人の頭分《かしらぶん》、野火八が切歯《せつし》した。

「だれに頼まれた」

「殺すしかあるまい」

野火八らが一瞬にして覚悟を決めた。

「来島水軍流を虚仮《こけ》にせぬことだ。いくらで赤目小籐次の見張りを頼まれたな、それとも目当ては小籐次の命か。おりょうを攫《さら》おうなど愚かな考えじゃ」

野火八が、眼で二人の仲間の藪之助《やぶのすけ》と苗太《なえた》に合図した。

二人が位置を変え、刀を抜いた。

小籐次は、無言裡に目付きだけで会話を交わすことが出来るのは下忍《しのび》仲間であることを承知していた。

「武芸者ではないな。二本差しが板についておらぬ」

「赤目小籐次とやら、図に乗らぬことだ」

野火八が脇差を抜くと口に咥《くわ》えた。そして、大刀を抜いて左手一本に下げ、背中に回した。そして、空手の右も背に回した。次に手が出てきたときには刀がどちらの手に保持されているか。対戦者を攪乱《かくらん》しようという下忍らしい構えだった。

「無益な真似を」

小籐次が呟き、孫六兼元を音もなく鞘《さや》から抜き放ち、

「来島水軍流浪返し」

と流儀と技を告げ、脇構えに置いた。

小籐次の正面に野火八が一間半の間合いで立ち、左右に藪之助と苗太が刀を突き出すように構えて立った。

睨み合いがしばし続いた。

両者の間から殺気が立ち上り、クロスケが気付いたか、

わんわん
と吠えて母屋から不酔庵へと走ってこようとした。

野火八が動いた。

口に咥えていた脇差が気配もなく回転しながら小籐次に向って飛んできた。肺から吐き出す息の力で飛ばすのか、尋常ではない。

小籐次は顔に向って飛んできた脇差を上体を反《そ》らして避けた。

次の瞬間、野火八の刀を持った右手が突き出され、そのまま小籐次に向って踏み込んできた。

そのとき、小籐次の上体が元に戻り、戻りながら孫六兼元が、踏み込んできた野火八の胴へと伸びていった。

野火八の刃は右側から小籐次の左脇腹を襲い、小籐次の浪返しは左から野火八の右脇腹にほぼ同時に斬撃《ざんげき》し合ったように思えた。

だが、両手で保持した小籐次の浪返しが一瞬早く野火八の脇腹を捉えて横手に飛ばしていた。

その直後、小籐次の右前に構えていた苗太に向って浪返しが伸びて、苗太の手首の腱を絶ち、刀を落としていた。

ひょい

と飛び下がった小籐次が、独りだけ残った藪之助に孫六兼元の切っ先を突き出した。

「もはや勝負は決した。仲間を連れて去《い》ね。だが、その前に一つ聞いておこうか。赤目小籐次の藁人形に五寸釘などを打ち込んで船着場の棒杭に打ち付けたのは、そなたらか」

一人だけ立っている藪之助が顔を激しく横に振った。

「頼まれて打ち付けただけだ」

「そなたらを雇った者の仕業というか」

がくがくと頷いた藪之助が、

「だが、われらはその者に会うたことはない。われらの塒《ねぐら》に指示が来るだけだ。藁人形も塒に置かれてあった」

「用心深い雇い主よのう」

小籐次の言葉に呼応するようにクロスケがわんわんと吠えながら、三人の周りを飛び回った。

「そなたら、そやつの元に戻るのは、死にに帰るようなものじゃ。折角《せっかく》助けられた命を赤目小籐次に謝して、さっさと立ち去れ」

小籐次の言葉に、藪之助は脇腹を手加減して斬られた野火八を立ち上がらせ、手首をもう一方の手で抱えた苗太を連れて、よろよろと蘆原に隠した船へと姿を消した。

「クロスケ、おまえの出番はなかったな」

と話しかけるとクロスケが嬉しそうに、
わううっ！

と一声高く咆哮《ほうこう》した。

「そろそろ駿太郎と百助が戻ってもよいころじゃな。船着場に迎えに参ろうか」

船着場で待つこと四半刻、舟足速く駿太郎の漕ぐ舟が戻ってきた。

「搗き立ての餅を頂戴しましたぞ、鏡餅もございますよ」

駿太郎が櫓から片手を離して大きく振った。

「百助、ご苦労であった」

「赤目様よ、人斬り包丁を二本も差して、よう歩けるもんじゃな」

と偽の小籐次が叫び、

「わしゃ、武士でのうてよかった」

と言い足した。

「いやさ、そのお蔭で望外川荘を覗く悪《わる》を三人ばかり退治した」

「斬ったか」

「手加減したで命に差し支えはない。じゃが、もはや人に雇われて悪さをするような真似はできまい」

と小籐次が言い、船着場に寄せられた小舟の舳先を摑んで、

「下りよ、百助」

と言い掛けると、百助が大小の刀を胸前に抱えて這うように船着場に上がった。

百助も加わって、久しぶりに賑やかな夕餉になった。

「いやはや久慈屋さんを表から見たことはあったが、店の広土間で餅搗きするなど考えもしなかったぞ、赤目様」

「久慈屋さんは紙問屋、小売りではないゆえ普段は地味な商いじゃ。ゆえに正月を前にした餅搗きくらい賑やかになさるのであろう」

と小籐次が答え、

「父上が見えると思われていた久慈屋では、大番頭さんが『おやおや、今年は偽

の酔いどれ様の到来ですか。なにが起こっておるか存じませぬが、須崎村もあれこれと忙しいことでございますな』と驚いておられました」

「年の瀬の慌ただしい時節、うちを窺う夜盗の類《たぐい》、始末しておかねばおちおち正月も迎えられまい」

小籐次は初めて三人に、この数日前より須崎村の望外川荘を窺う監視の眼があったことを説明した。

「おまえ様、そのような企みがあるとは少しも存じませんでした。百助さんにおまえ様の形をさせよとの言葉でなにが始まるのかと思っておりましたが、うちにどなたが関心を寄せておるのでしょうか」

おりょうが驚きの顔をした。

「見張りの三人を糺したところで頭分の正体は知るまいと思うた。まあ、あやつらの背後に控えておる者じゃが、赤目小籐次の藁人形に五寸釘を打ち付けて呪いを為す所業を見ても、大した輩ではあるまい」

「えっ、赤目様の藁人形に五寸釘だと」

「父上、その藁人形をどうされたのですか」

と百助と駿太郎が口々に言った。

「棒杭から抜いて池に放り込んだ。今頃水底に眠っていよう」

「おまえ様、気色の悪いことでございます」

小籐次の本職研ぎ仕事は、刀剣を研磨して除霊したり、物の怪《け》を払う意味もあった。そのような小籐次に藁人形は児戯《じぎ》に等しい。

「その程度の輩ということよ。藁人形に釘を打ち込んでなにが変わるものか。その内、あちらから正体を見せに来よう」

「父上、それでよろしいので」

駿太郎が小籐次に質した。

「わざわざ、こちらからさような騒ぎに関わる暇もないでな。それより駿太郎、そなた、母上に駒形堂の一件を話したか」

「いえ」

駿太郎が困った顔をした。

「なにがございましたので」

おりょうが小籐次と駿太郎の顔を交互に見た。

「母上、大したことではございません。昨日のことです、父上が備前屋さんに研ぎ上がった刃物を届けに行っておる間、駒形堂の船着場で待っておりますと、四人連れの与太者が、小舟を貸せ、向う岸に渡ると乱暴なことを言ったのです。それで私が断わると、一人が私に摑みかかろうとしましたので、股間を蹴り上げただけです」

「えっ、さようなことを駿太郎が」

「おりょう、駿太郎め、四人相手の戦い方をとくと承知でな、残った仲間が子ども相手に匕首を抜いたときには、小さ刀でもって三人をあっさりと片付けおったわ」

「びっくり仰天じゃ」

と百助が言い、おりょうが、

「いつの間にそのようなことを」

「もう何年も前からわしが剣術の手ほどきはしてきた。ゆえに多勢を相手にする場合、先手が利くと咄嗟《とっさ》に思うたのであろう。だがな、考えるのと体が動くのではまるで違う。駿太郎め、戦いのコツを承知しておるわ」

小籐次の声は満足げであった。

「おまえ様、その諍いをただ見ておいででしたか」

おりょうが小籐次を詰問《きつもん》した。

「見ておった。四人の力はおよそ察しがついたゆえな」

「なんということが」

おりょうが母親の顔で案じ、小籐次が言い足した。

「駿太郎、あの程度の輩ゆえ先の先が通じた。だが、相手が武術の心得がある者ならば駿太郎は倒されておる。相手の力を見抜いて戦いを避けるのも武芸者の大事な心得だ。負けて勝つということも世間にはままある事よ」

「父上、駿太郎には未だ分りません」

「いつの日かわしの言葉を思い出すときがこよう。おお、そうじゃ、そなたの背丈では小さ刀ではもはや短い。わしの脇差を譲ろう」

「えっ、父上の脇差をでございますか」

「刃渡り一尺六寸七分、鍔がついておるゆえ合口拵えの小さ刀より、万が一の場合、役に立つ」

「父上は、脇差は一本しかお持ちでございません。要りませんので」

「父は五十路を過ぎた。百助ではないが、もはや腰に二本差しはきついわ」

しばし考えた駿太郎が、

「頂戴します」

と言った。

四

大晦日の朝、五つ(午前八時)前、望外川荘の船着場で小籐次とおりょうが小舟の真ん中に並んで座り、

「百助、クロスケ、留守を頼んだぞ」

と小籐次が見送りの下男と飼い犬に声をかけた。おりょうは、年の内に知り合いに挨拶に行く気はなかったが、駿太郎に誘われて翻意し、同行することになったのだ。

「へえ」

百助が舫い綱を解いて小舟に投げ入れた。

小籐次から譲られた脇差を差した誇らしげな駿太郎の棹さばきで、湧水池に舟を出すと、隅田川に流れ込む堀から隅田川へと向けた。

脇差は、小籐次が刺客から奪い取った入道興里《おきさと》の異名がある長曾禰《ながそね》虎徹《こてつ》だ。十歳にしてすでに五尺一寸に達した駿太郎によく似合った。

おりょうが後ろを振り返り、

「真に駿太郎の櫓はしっかりとしたものでございますね」

「であろう。来島水軍流の棹の扱い、櫓さばきの基はすでに教えてあるでな。櫓を腰で漕ぎ続ければ、しっかりとした体付きになる。駿太郎の父御の須藤平八郎どのは六尺になんなんとする偉丈夫であった。駿太郎は須藤どのの血を引いておる。もう四、五年もすれば父の背丈を越えるかもしれぬ」

小籐次は淡々とした口調で駿太郎の実父須藤のことを話した。もはや駿太郎は、

「父がだれか」

そして、

「赤目小籐次が実の父親でない」

ことを承知していた。ゆえにおりょうと話し合った末に駿太郎に常日頃から、

「二人が養父養母」

であることを伝えようと決めた。

隠し事をするよりも、小籐次が承知のことを折に触れて駿太郎に話し、その先、どのような道を選ぶか駿太郎が決めればよいと二人は話し合ったのだ。

小籐次の突然の言葉に駿太郎は黙って櫓を漕いでいたが、

「この世にわが父は一人でございます」

小籐次が後ろを振り向き、櫓を漕ぐ駿太郎と向き合った。

「いかにもそなたの実父はお一人じゃ。須藤平八郎と申され、丹波国篠山《ささやま》藩の家臣で、馬廻り役百十三石の歴《れっき》とした武士であった」

初めて駿太郎の父親について、小籐次が具体的に口にした。

「いえ、わが父は赤目小籐次です」

駿太郎は小籐次の話をがんとして、聞こうとはしなかった。

「駿太郎、そう言うてくれるのは嬉しい。じゃがな、そなたの実の父親は須藤平八郎どのと申された心地流の免許皆伝、なかなかの剣の遣い手であった」

小舟の中を重い沈黙が支配した。

おりょうは背で二人の会話を聞いていた。

「須藤様は父上に引けをとられた」

駿太郎が呟くように言った。

「いつの日かそなたには真実を、この赤目小籐次の口から告げようと思うておった。じゃが、節介者の塩野義某がそなたによからぬ告げ口を為した」

「塩野義様はわが門弟でございました。駿太郎、すまぬことでした。母も、いえ、りょうもそなたに塩野義の愚かな行いを詫びねばなりませぬ」

小舟の中に三人だけがいた。

かような会話になるとは小籐次も考えていたわけではない。だが、不意に小籐次の口を衝き、

(よい機会かもしれぬ)

と考え直した。

「父上、須藤平八郎と申すお方がわが父ならば、母はどなたですか」

駿太郎が当然の疑問を呈した。

「それがしが須藤平八郎どのと赤子のそなたと出会うたとき、そなたの母御はおられなんだ。後に知ったことだ。そなたの母は藩主の遠縁の血筋の小出お英様と申された女性《にょしょう》、須藤どのとは身分違いゆえ、国許の篠山城下ではいっしょに暮らせなかったのであろうと推察された。ゆえに須藤どのがそなただけを連れて江戸に出て来られたと聞いた。お英様はその後、身罷《みまか》られたそうな」

小出お英が、小出家の意向で藩主青山忠裕《ただやす》の側室に差し出されようとしたことも、須藤と別れた後、駿太郎を取り返そうとしたことも、小籐次はお英の生き方すべてに触れる要はないと考えたゆえ、亡くなった事実だけを告げた。

「駿太郎の実の父も母ももはやこの世の人ではないのですね」

「おられぬ」

「ならば、私の父は赤目小籐次、母は赤目りょうです」

「それでよいのだな、駿太郎」

「ようございます」

駿太郎が即座に言い切った。

ふうっ
おりょうが安堵の息を吐くのが小籐次に伝わってきた。

「駿太郎、そなたがもっと大きくなった折、そなたの父上や母上のことを知りたくば、そなたも承知の老中青山様のご家来、中田新八どのとおしんさんに尋ねるがよい。それがしの前に立たれた折、須藤平八郎どのが青山様の元家臣であったと知っておれば、戦い方が違ったかも知れぬ」

小籐次の言葉に駿太郎は無言で応えた。

「駿太郎、これだけは覚えておけ。須藤どのは、わしと剣術家同士の尋常な勝負を望まれた。勝敗は時の運であった」

駿太郎は沈黙したままだった。

小籐次が告げた言葉の一語一語を胸に刻みつけている様子があった。

「父上、須藤平八郎様は立派な剣術家であったのですね」

「それがしがこれまで戦ってきた数多《あまた》の剣術家の中でも五指に入るお一人であった。そなたが後々、実父の須藤どのが学ばれた心地流を学びたければ、それもまた一つの道じゃ。赤目小籐次に遠慮は無用じゃ」

「はい」

と返事した駿太郎が川面を見渡した。

大晦日の朝だ。

多くの荷船が忙しげに往来していた。

いつしか両国橋も新大橋も潜り、永代橋が見えていた。

本日は年末のお礼に得意先を回るつもりで、おりょうと駿太郎を伴っていた。

まず深川　蛤町《はまぐりちょう》　裏河岸に行くつもりであった。

「父上、私は父の赤目小籐次が学んだ来島水軍流を修行します。これからも教えて下さい」

駿太郎が間をおいて願った。

「わしが亡き父伊蔵から習った来島水軍流は、無理無体な厳しいものであった。

わしが三十二のとき父が死んだが、哀しみより、これ以上苛《いじ》められぬと、ほっとしたことを覚えておる。今考えれば、主君久留島通嘉様が城中でお受けになられた恥辱を晴らすことが出来たのも、父がわが五体に叩きこんだ来島水軍流の厳しい修行があればこそだ。また、ただ今御鑓拝借の赤目小籐次として江戸で暮らしていけるのも、おりょうと出会い、駿太郎を得たのもあの鍛錬をなんとか生き抜いてこられたゆえだ」

来島水軍流は正剣十手脇剣七手の十七手が基であった。

この修行を、小籐次は五つの歳から伊蔵が亡くなった三十二歳まで二十七年に渡って叩き込まれてきたのだ。

小籐次が父の伊蔵を越えたと思うたことはついになかった。

「伊蔵様に従っての修行は、いつ始められたのですか」

小籐次の想いを察したか、おりょうが体の向きを変えて男同士の話に初めて口を挟んだ。

「わしが五歳になった年、下屋敷の三島宮の森と呼ばれた雑木林の野天道場で始まった。雨の日も雪の日も毎日休むことなくな」

「父上、私は明日には十一歳になります。父上が修行を始められた歳を大きく過ぎております」

「いや、修行を始めるに早い遅いはない。どれほど真剣に取り組むかに掛かっておる。わしは五歳から剣術稽古を始めたというたが、父の前から逃げ出すことばかりを考えておった。事実、何度も屋敷を逃げては朋輩《ほうばい》と悪さを繰り返しておったのだ」

「赤目小籐次様の来し方は波乱万丈、どのようなことも格別に驚きませぬ」

とおりょうが笑い、

「思い出しました。おまえ様はいつぞや信州松野藩のお家騒動に手助けに参られましたな」

「覚えておったか。正室が生んだ兄二人が次々に亡くなり、品川宿で悪さをしていた妾腹の『若様』に、譜代大名松野藩六万石が転がり込んで参った。昔の『若様』はほんものの殿様になっておられるわ」

小籐次が苦笑いしたとき、駿太郎の漕ぐ小舟は、蛤町裏河岸に入って行った。

うづから野菜舟を引き継いだ角吉《かどきち》が、大晦日の今日も商いに出てきていた。

「あ、酔いどれ様のご入来だよ。生き神様におなりになって深川蛤町なんて忘れたかと思ったよ」

竹藪蕎麦のおはるが大声を上げた。

「今年もご贔屓《ひいき》になった。本日は年の暮れの挨拶に一家で参った」

「酔いどれ様、うちのが怒っていたよ。大晦日は年越し蕎麦で忙しいやね、それなのに酔いどれ様は姿を見せないってね」

「悪かった、おはるさん。研ぐものがあれば万作親方のところに届けてくれぬか。本日は研ぎ代ただじゃと美造親方に伝えてくれ」

「ここでいつものように研いだらどうだい」

角吉が言った。

「未だ願かけを考える人がおられてな、駒形堂の備前屋ではわしがおらぬのに、賽銭を投げ込んで拝む輩がおるそうな。今年じゅうはひっそりと研ぎ仕事を続けようと思う。万作親方の仕事場の片隅に研ぎ場を設ける」

「思い出した。うちのが賽銭を預かっているよ。ええと、いくらだっけ。二朱にはいくらか足りないくらいだけどね」

「おはるさん、それみよ。油断はならぬ。早々に万作親方のところに参る」

と答えた小籐次が、

「おりょう、駿太郎、そなたら、その賽銭を富岡八幡宮に届けてお参りしてこぬか。あとで万作親方のところに参ればよい」

と言うと、

「父上、研ぎ仕事を手伝いましょうか」

「いや、母上の供をせよ。年の瀬になにかあってもならぬでな」

小籐次が命じ、

「おやおや、酔いどれ様はおりょう様想いだね」

とおはるが言い、

「これくらいせぬとおりょうに逃げられるでな」

と小籐次の真剣な言葉に客の女たちが笑い合った。

「おりょう様、うちで年越し蕎麦を食べて行って下さいよ」

おはるがおりょうに言い、駿太郎がおりょうの手をとって石垣から長く突き出た橋板に上がらせた。

小籐次は棹を手に小舟を離しながら、

「角吉、うづさんの具合はどうだ」

「具合もへちまもないよ。腹突き出して歩いていますよ。あの分だと、松の内どころか三が日に生まれても不思議はねえな」

すでに仕事場に正月飾りの鏡餅があり、どことなく仕事ぶりものんびりしていた。

曲物師《わげものし》の万作は太郎吉《たろきち》と父子で仕事をしていた。

と言い残した小籐次は、独りになった小舟を黒江町八幡橋際に向けた。

「正月元日に生まれたとなれば、それはそれで目出度《めでた》いがな。あとで会おう」

と姉のことを弟が述べた。


「おや、珍しい人が見えたよ」

「万作親方、今年も世話になった。道具を手入れさせてくれぬか、一年のお礼代わりだ」

と願い、父子の仕事場の端に研ぎ場を拵えて早速仕事の仕度を始めた。

　四つ(午前十時)時分、奥からお茶を運んできたうづが、

「あら、赤目様が見えていたの、ちっとも知らなかったわ」

「うづさんや、角吉は三が日に生まれても不思議はないというていたが、正月にもめでたいことがありそうか」

「一刻も早くお腹がさっぱりしてほしいわ。もう師走も正月もない気持ちよ」

とうづが笑った。

「産婆のよね婆さんは女の子というのだけどさ、親父は男の子と決めつけてよ、もう名も胸の中には決めている様子なんだ」

「太郎吉さんはどうだ」

「もうここまで来たら、娘でも倅でもいいや。元気でさ、生まれてくれればね」

と親になる太郎吉が応じた。

「おお、そうじゃ。本日は挨拶回りゆえ、おりょうと駿太郎も一緒だ。ただ今、富岡八幡宮にお参りに行っておる。後でこちらに顔を出すそうだ」

「だったら、うちで年越し蕎麦を食べていって」

「竹藪蕎麦のおはるさんにも誘われた。このあと、芝口橋の久慈屋、駒形堂の備前屋と挨拶が残っておる。ともかく親方、道具を出してくれぬか」

小籐次が願い、仕事に取り掛かった。

駒形堂の船着場から小籐次ら三人が小舟に乗り込んだとき、四つ半（午後十一時）は過ぎていた。

小籐次が万作親方の仕事場でこの界隈の得意先の刃物を研ぎ終えたのが、暮れ七つ半（午後五時）時分だった。

おりょうと駿太郎は富岡八幡宮と永代寺に詣でて竹藪蕎麦で年越し蕎麦を馳走になったといって、八つ（午後二時）時分に万作親方のところに姿を見せた。

一刻ほど奥でうづらと女同士の話を楽しんでいたおりょうと駿太郎を連れて、小舟で急ぎ芝口橋に向い、新兵衛長屋と久慈屋に挨拶を済ませたのが五つ（午後八時）を過ぎていた。

久慈屋で夕餉を馳走になった。

いつもとは違い、大晦日の夜だ。

久慈屋も店仕舞いせず、芝口橋には掛取りに走り回る番頭や手代たちがまだ大勢いた。

小籐次らが久慈屋を辞去しようとしたとき、読売屋の空蔵が姿を見せた。

「勝五郎さんに聞いたんだ。おりょう様もいっしょだってね」

「なにかおりょうに用事か」

「うん、まあな。だけどこう押し詰まって頼み事もなんだ。正月明けに須崎村を訪ねるよ」

「空蔵さん、おりょう様に用事なのか、赤目様に用事なのかね」

観右衛門に言われた空蔵がおりょうに視線を向けた。

「空蔵さんが私に用でございますか。なんでございましょう」

「春になったら、身延山に新兵衛さんの代参で行くんだそうですね」

「それがなにか」

「だからさ」

「空蔵さんや、もう一軒挨拶が残っておるのだがな。用事なれば早く言うがよかろう」

「あのさ、身延山行きの道中記を徒然《つれづれ》なるままに、おりょう様がうちの読売にさ、書いてくれねえかと思案したんだが、だめかね」

空蔵が小籐次を見た。

「わしを見ても致し方あるまい。おりょうに願え」

「おりょう様、どうですね」

と空蔵が尋ねた。

「考えましたな。お夕ちゃんの供に、赤目小籐次とおりょう様に駿太郎さんの三人ときた。こりゃ、どう考えてもただでは済みますまいからね」

観右衛門が空蔵を見た。

「私には先人吉田兼好様のような文才はございませぬ。徒然なるままに道中記など無理にございましょう」

　とおりょうが答え、小籐次も、

「騒がしい出来事が読売の売り物であろう。身延山代参の道中記ではそなたの読売はだれも買わぬぞ」

「いや、当たると見たね。なにしろ酔いどれ様とおりょう様の道中記だ、必ず当たる。ねえ、おりょう様、今直ぐに返事はいらないんだ、しばらく考えてくれませんかね」

と願う空蔵と別れて、浅草寺御用達の畳職備前屋を訪ねると、最後の仕事とばかりに、神太郎以下職人衆が必死の形相《ぎょうそう》で駆け込み仕事をしていた。

　小籐次はかたちばかりだが研ぎ仕事を手伝い、ようやく備前屋の仕事納めをした。

　そんなわけで小舟に三人が乗ったとき、四つ半を大きく過ぎていたが、隅田川の両岸から人が往来する気配が川面にも伝わってきた。

「長い一日であったな」

「もうすぐ除夜の鐘が鳴り響きます」

「流れの上で煩悩《ぼんのう》を払う鐘の音を聞くなど、滅多にないことだ」

「おまえ様、久慈屋さんからも備前屋さんからもお酒を頂戴しました。舟で頂きますか、茶碗もございますよ」

とおりょうが言った。

「いささか行儀は悪いが一杯馳走になろうか。どこでも年越し蕎麦や夕餉を馳走になった。だが、皆が仕事をしている最中、わし一人だけ酒を飲むわけには、いかなかったでな」

と言い訳した小籐次が茶碗を手にし、おりょうが酒を注いでくれた。

(下り酒、伏見の酒か)

と小籐次が酒を口に含んだとき、
ごーん
と百八つの最初の鐘が鳴り始めた。

隅田川の流れに浮かぶ小舟の中で家族三人、文政六年の大晦日の鐘をしみじみと聞いた。

第三章　万八楼ふたたび

一

新玉《あらたま》の年初め、須崎村の望外川荘では家族三人水入らずの静かな時が過ぎて行った。

元旦には屠蘇《とそ》を飲み、おりょうが作ったお節《せち》料理を食して、望外川荘の縁側から川向うに上がる凧《たこ》を見て長閑《のどか》な気持ちになった。

昼前のことだ。

「かように穏やかな正月はわが暮らしで初めてかも知れぬ」

「赤目小籐次の日々はあまりにも忙しゅうございます」

「とは申せ、自らが引き寄せたわけではないがのう」

と小籐次が首を捻った。

「豊後森藩の下屋敷暮らしの折は、内職の日々で腹ばかり減らしていた記憶しかない。がらりと暮らしが変わったのは、やはり下屋敷を出てからかのう」

「主君久留島通嘉様の城中の一件でございましたな。おまえ様、万八楼の大酒会に出て、酔いつぶれたのは下屋敷を辞する気持ちがあっての企て、わざとしくじりを為されましたか」

おりょうが小籐次の気持ちを糺した。

ふっふっふ、と笑った小籐次が、

「ご主君の雪辱を果たさんがためにわざと大酒を飲み、通嘉様の参勤下番のお見送りを怠ったといえば、恰好もつくがな、わしはそれまでとことん酒を飲んだことはなかった。ゆえに万八楼の催しを知ったとき、一も二もなくどこまで飲めるか試すために参加を決めたのだ。深慮遠謀があってのことではなかった。わが身も顧みず勢いで一斗五升も飲んで、万八楼の帰途、下屋敷近くの寺の墓地に入り込み、二晩も前後不覚に眠り込んで、下屋敷に帰るのが遅くなり、高堂用人にこっぴどく叱られたのを機に藩を出たまでだ。なんぞせんとこれからの目途《もくと》も立たぬ。そこで予《かね》てより胸の中で考えておった御鑓拝借を決行した。こちらも勢いでな、深い考えがあってのことではない」

　とおりょうに吐露した。

「赤目小籐次の御鑓拝借はもはや伝説にございますれば、おまえ様の気持ちなど置き去りにして話が膨らみましたか」

「まあ、そんなところかのう」

「そう聞いておきましょうか」

　とおりょうが応じた。

「亭主の告白を信じぬというか」

「いえ、大切な亭主様のお言葉、信じております。されどもはや真実は奈辺《なへん》にあったのか、どうでもよきこと。あの騒ぎで赤目小籐次様は一挙に江戸の人々の心を摑まれ、ただ今のそなた様がございます」

「おりょう、こたびの大酒会はわしが出るわけではない、行司方じゃ。まあ、何事も起こるまい」

　さあてどうでしょうと、首を傾げたおりょうが、

「皆の衆が赤目小籐次に酒も飲ませずに帰らせるかどうか、はなはだ疑わしゅうございます」

「うーむ、皆が酒を強いると申すか。それはない、その約定じゃからな」

との小籐次の言葉におりょうが微笑んだ。

「信じておらぬな。ならば駿太郎を伴い、わが目付方と致そう」

と小籐次は言い、

「うむ、それがよい。倅の前で醜態をさらすわけにはいかんでな。いくら酒好きな赤目小籐次といえども自制を致す」

と自らに言い聞かせるように洩らした。この言辞は小籐次の真意ではなかった。大酒会の場に子どもの駿太郎を連れていくなど、さらさら考えてもいなかった。いわば言葉の綾だ。

そんな二人の眼前で駿太郎が木刀の素振りをしていた。

これまで駿太郎に本式な来島水軍流の手ほどきをしてきたわけではない。

だが、剣術の基となる体の使い方、足の運び、木刀を握る手の位置、そして、素振りを繰り返させて何年にもなる。ゆえに駿太郎はしっかりとした体付きに育ち、動きも滑らかであった。

「おまえ様、駿太郎の実の父親須藤平八郎様が、老中丹波篠山藩青山家の家臣であったとは、いかなる因縁にございましょう」

「母親の小出お英様が青山忠裕様の側室になどという話は、おそらく忠裕様もご存じないことであろう。ただ今老中の忠裕様は、若くして聡明な人物として知られ、幕閣に登用されたお方だ。小出家の周辺で勝手に為したことであろう、それが証にお英様は身分違いの須藤平八郎どのと昵懇になり、駿太郎まで産んでおる。この騒ぎは篠山藩内でも一部にしか知らされずに、秘匿されたと思われる。わしもこの話、昵懇の付き合いのある中田新八どのにもおしんさんにも話したことはない」

「須藤平八郎様はどちらに葬られたのでございましょうか」

うーむ、と小籐次は唸った。

「迂闊にもそのことを失念しておった。いや、その折は駿太郎をどうするか、長屋に連れ戻ることだけで、須藤平八郎どのの亡骸《なきがら》の始末まで考えが回らなかった。おそらく篠山藩江戸藩邸でもそれは知るまい。なぜならば、須藤どのは江戸に出てきたはよいが、駿太郎との暮らしが立たず、その腕を買われて赤穂藩の新渡戸某に雇われた刺客としてわが前に立ったのだ。ゆえにその勝負を陰から見ていたのは、赤穂藩の新渡戸某の関わりのものでなくてはならぬ。亡骸をどこへ葬ったか、赤穂藩に質すしか手はあるまい」

と小籐次は答えながら、赤穂藩の御先手組番頭古田寿三郎に聞くのが一番かと気付かされた。

むろん新渡戸が刺客として須藤平八郎を小籐次に差し向けたのも、御鑓拝借の因縁からだ。大名行列の象徴ともいえる御鑓先を切り奪われた一家が赤穂藩であったのだ。

そんな縁で東軍新当流の遣い手でもあった古田と知り合い、御鑓拝借騒ぎの始末を巡ってそれなりの交情が続いた。なにより信頼できる人物であった。

「おりょう、落ち着いた折にそれがし、赤穂藩邸に旧知の者を訪ねて相談してみよう」

と約束した。

頷いたおりょうが、

「半刻ほどあとに不酔庵にて新春を祝して初釜を行います。駿太郎と二人、お出でなされ」

「なに、われら親子が初釜の正客か」

「一番大切なお方ですからね」

とおりょうが言い、百助を呼んで茶室に炭火を入れさせた。

なんともゆったりとした正月がゆるゆると過ぎていこうとしていた。

駿太郎と二人、不酔庵のにじり口から席入りすると、床の竹籠に一輪の白い寒椿が活《い》けられてあるのが見えた。

「母上、駿太郎、茶を頂くのは初めてです。どうすればよいのですか」

駿太郎がおりょうに助けを求めた。

「そなたの父、赤目小籐次様は酔いどれ流で召しあがられます」

「父上に見倣《みなら》えばよいのですか」

「それもいささか困りましたね。よいでしょう、父上が喫されたあと、母が自らに点《た》てた茶を頂戴します。それを見倣いなされ」

「はい」

「おりょう、わしはもはやどうにもならぬか」

「酔いどれ流がそなた様には一番相応しゅうございましょう」

おりょうが言い、ならばと、供された茶碗を手に心を鎮めて茶をゆっくりと三口に分けて喫し、

（平穏なる年であればよいが）

と胸中で願った。

松の内七日が明けたとき、望外川荘に客があった。

万八楼の女将《おかみ》お君《きみ》と、角樽《つのだる》を下げた番頭の波蔵であった。

「一別以来であった」

「こちらこそ、赤目小籐次様の盛名があれよあれよという間に江戸じゅうに広まり、今や赤目明神とか酔いどれ稲荷とか、生き神になられたそうな。本日は斎戒《さいかい》沐浴《もくよく》して参りました」

波蔵が真面目な顔で言った。

「冗談もほどほどにせよ。あの騒ぎはわしのせいでは決してないぞ」

「それは分っております。ですが、赤目様の御鑓拝借以来の数々の勲《いさお》しがなければ、賽銭が六百両も集まるものですか」

「よう承知じゃな」

賽銭を公儀の御救小屋の費えにした話は公のことではない。だが、空蔵の読売が書き立てたゆえ、真偽はともかくとして江戸じゅうに知られた話ではあった。

「うちに読売屋のほら蔵さんが見えて、こたびの大酒会のことを聞いていきました。その折、あれこれと空蔵さんの口から聞きました」

「そうであったな。空蔵をそちらに行かせたのはわしであったわ」

と小籐次は思い出した。

「空蔵さんがこたびの大酒会について読売にしてくれました」

お君が二人の会話に加わった。

「それ以前は大酒会に何人集まるやらと案じておりましたが、酔《か》いどれ小籐次様が行司方で列席されると読売で知った酒好きが、年末年始にも拘わらず、引きも切らず大勢申し込みに見えますので、私どもはびっくり仰天して始末に困っております」

「大勢と申してもわしが出た折は、酒の部は二十数人ほどであったかのう。それに倍する人数か」

「とんでもないことでございます。ただ今百と八十七人でございまして、まだ増えそうな気配でございます」

「なに、百八十七人じゃと」

「はい。当日までこのまま黙って受け付ければ、三百や四百人にはなろうかと思います」

「一人が三升飲んだとせよ、大変な酒の量だぞ。もっとも新川河岸の旦那方が万八楼の後ろについておるというで、酒を心配することもないか」

「いえ、いくら新川河岸の酒問屋がついているといっても、酒好きに飲み放題を許しましたら新川河岸の旦那衆も大損ならば、私どもも店が潰れかねません。そこでこうして赤目様のお知恵を借りに参りましたので」

「わしは久慈屋の大旦那に行司方を頼まれたのじゃぞ」

「それは分っておりますって」

波蔵が真剣な顔で小籐次を見た。

「そなたら、当然あれこれと考えたであろうな」

「考えました」

とお君が答え、

「赤目様が出られた文化十四年は大酒、大食い会でございまして、酒の部と、大食いの部は、飯、そば、菓子と三つに分かれておりました。それでも合わせて六十余人でございました。こたびの酒だけで何百人が出るとなると、とても新川河岸の酒問屋の手助けがあったにしても無理でございます」

「どうするな」

「改めて参加の費えとして二朱を徴収しようかと思います」

「ほうほう、酒飲みは意地汚いゆえ二朱取ると言うたら、出るのを見合わせる者も出ような」

「まず半分は脱落しましょうな。それでも数が多い。そこで六升は飲める者と但し書きを付けた上に、飲めなかった者からは罰として下り酒六升分の実費二分を申し受けることに致します」

「それは結構きついな」

「それでも私どもの見込みとして五、六十人は参加者がございましょうな」

「われらの折は無料であったな」

「あれは万八楼の名を売るための催しにございました。こたびは赤目小籐次様の名でかような大勢の方々が集まります」

「そのようなことがあろうか」

「いえ、この波蔵が申し込みの方々一人ひとりになぜ参加をと尋ねましたところ、大半どころか、すべての方たちから一様に、酒聖酔いどれ小籐次様に会いたいゆえと返答がございました」

「呆れた」

と小籐次が呟き、

「待てよ、それが真ならば参加者を減らす名案がないでもない」

「ほう、どういうことでございますな」

「わしが行司方など勤めなければよかろう。空蔵に願ってもう一度読売を書かせよ。小籐次、急病にて行司方辞退とでもな」

「赤目様」

お君が悲鳴を上げた。

「赤目様のお名前で売った大酒会です。それでは万八楼は騙しをやったかと、店の評判は丸つぶれ、商いが出来なくなります」

「うう一ん」

と小籐次が唸った。

そこへ茶菓を運んできたおりょうが、

「今年もなかなか多忙な年明けにございますな」

と笑った。

「おお、これはご新造様、私は万八楼のお君です、こちらは番頭の波蔵です」

「女将さん、赤目りょうにございます」

とおりょうが挨拶を返し、

「これはやはり読売屋の空蔵さんの知恵を借りたほうがようございますよ。江戸の男衆には、作為は嫌われます。正直にただ今の苦境を読売にて知らせることです。その上で改めて参加者を募りなされたらどうですね」

と言った。

「女将さん、これだけの人が詰めかけたのは赤目小籐次様が行司方を勤めるという読売の力が大きゅうございました。ここはやはり読売の力を借りて、もう一度やり直しますか」

と波蔵が言い、お君も頷いた。

「その代わり赤目様、どうか行司方を辞めるなどとは言わんで下されよ」

波蔵が小籐次に願った。

「いったん請け合ったことだ、行司方は勤める。だが、あと一月と七日余り、万八楼も大変じゃな」

と応じた小籐次が、

「この大酒会の言い出しっぺは、万八楼ではなく新川河岸の旦那衆でもないと聞いた。一体全体だれが言い出した話だ」

「うちには新川河岸の旦那衆から話がございました。なんでも御城の偉い方のお指図だとか。江戸が明るくなり賑わう話をということで、新川河岸に持ち込まれたそうな。ですが、私どももそれ以上のことは」

知らないと波蔵が応じて、

「ともかくただ今はそれどころではございません。これにて失礼させて頂きます。急ぎ空蔵さんを呼んで、新川河岸の旦那衆と改めて相談し直します」

と茶を喫した二人が早々に望外川荘を辞去していった。

「前途多難な大酒会じゃな」

「赤目小籐次の名はそれだけ世間に知れ渡り、人を動かす力を持っておるということでしょう」

「おりょう、わしには理解がつかぬことよ。考えてもみよ。十一の駿太郎に見下ろされるほどの矮軀《わいく》にして大目玉に団子鼻、まるでもくず蟹《がに》を押しつぶしたような顔のわしのどこがよい」

「おりょうにとってはまるで阿弥陀様のような慈顔にございます」

「おりょう、止めてくれ。生き神様は辞めたばかりじゃぞ」

小籐次が悲鳴を上げた。

その夕暮れ、空蔵が深刻な様子で望外川荘に顔を見せた。

「相談が纏《まと》まらなかったか」

「赤目様よ、評判が高いというのはよし悪しだね。長いこと読売屋をやってきたが、人集めならぬ人減らしの読売を書くのは初めてだよ」

とぼやいた。

「そなたの読売のせいで、百八十七人もの大酒飲みが万八楼に集まるそうだな」

「おれの読売のせいではないよ。赤目小籐次が行司方を勤めるというので、大酒会の話を書いたんだよ、そのせいで人数が集まったんだよ。ああ、もう百八十七人どころではないや、二百三十人を越えたというぜ。まだ日にちがある。こりゃ大変だ」

と空蔵が頭を抱えた。

「ともかく一日も早く事情を江戸じゅうに知らせることだ」

「そうしろと万八楼にも新川河岸の旦那衆にも言われたよ。なんだい、人が集まり過ぎたからって、こんどは辞退せよとどう書けばいいんだよ」

空蔵も困り果てていた。

「困ったな」

「困ったなじゃねえや」

と空蔵が小籐次を見て、

「酔いどれ様よ、おまえさんの名で沢山の大酒飲みが集まったんだ。おまえさんの名を出してよ、ご辞退のほど願い奉ると書いていいな」

「わしはただの行司方だぞ。そのような権限はあるまい」

「行司方というのは、しっかりと勝負を見極める役目だな。大勢詰めかけて混乱するのを防ぐのも行司方の役だ」

と空蔵が言い切った。

「なに、そんな役目まで負わされておるのか」

「そういうことだ」

「なんともはや、久慈屋の大旦那に一杯喰わされたか」

「いまどきになって泣き言抜かしても遅いんだよ」

ふうっ、と溜息を吐いた小籐次が、

「分った。わしの名で大酒飲みが集まったかどうか、わしの名で人数が減らせるかどうか、好きなように書いて、見事大酒会の人数をせいぜい五十人ほどに絞り込んでみよ」

と空蔵に全権を渡した。

二

正月十五日が終わった翌朝、小籐次は小舟に乗って須崎村の湧水池を出た。隅田川を下り、神田川に小舟を入れると筋違御門《すじかいごもん》に止めた。

小舟には研ぎ道具を載せていて初仕事を考えていた。だが、その前に為すことがあったのだ。

望外川荘にはおりょうがいて、あいに代わる小女お梅が奉公を始めていた。そこで駿太郎を残して、

「なんぞあれば男のそなたが女衆二人を守るのじゃぞ」

と言い聞かせていた。

年の暮れに望外川荘を見張っていた三人組は、小籐次が懲らしめて追い立てた。ゆえにこの三人組が再び戻ってくることはない、と思っていた。だが、この三人組を雇った者の正体が未だ知れなかった。そこで駿太郎を残したのだ。

「父上、お任せ下さい」

背丈だけはすでに小籐次をわずかに超えた駿太郎が胸を張った。

小籐次は筋違御門の船着場から上がると、八辻原《やつじがはら》に出た。

火除地でもある八辻原は、この界隈の人々が呼びならわす里名だ。八辻原の北側は神田川に仕切られ、西側に武家屋敷が連なり、南と東には町家が広がっていた。この三方から八つの通りがこの広場に集まっているので、この呼び名があるのだ。

この八辻原の一角を塞ぐように、老中青山忠裕が藩主の丹波篠山藩五万石の江戸藩邸があった。

門前に立つと小籐次を見知った門番が、

「赤目様、新年おめでとうございます」

と新春の賀を祝す言葉で迎えた。

門番は、老中青山家の密偵中田新八とおしんのところにしばしば姿を見せる、矮軀にして、もくず蟹のような大顔の、

「名物男酔いどれ小籐次」

を承知していた。

「おお、新春おめでとうござる」

と返礼した小籐次に、

「新八様もおしんさんも屋敷におられます」

小籐次の意をすぐに酌んで玄関番の若侍に通じてくれた。

門内に入ることを許された小籐次が見ていると、老中の出仕の刻限、

「四つ」

には未だ間があるゆえ、行列の仕度はされてなかった。

「新年早々、どうなされました」

新八とおしんが揃って内玄関に姿を見せた。

「まずは新年を祝したい」

と互いに新年の挨拶を述べ合い、小籐次は玄関脇の供待《ともまち》部屋に招かれた。

春とは名のみだ。

供待部屋には火鉢があって火が熾っていた。だが、鉄瓶は掛かっていなかった。

「ご両者の手を煩わすこととは思えぬ。じゃが、いささか気になってな」

と前置きした小籐次が、万八楼の大酒会の催しのことを話し出すと、おしんが、

「読売で知りました。こたびは行司方に出世なされたそうな」

と笑いながら言った。

「大酒会の行司方が出世になるのかどうか。久慈屋の大旦那に頼まれたでな、引き受けたがいささか厄介が生じておる。申し込みの酒飲みどもがすでに三百人を超えたそうだ。なんとも世間にはそれがし同様、酒に目がない男がおるらしい」

三百人超えの情報は、空蔵が昨日小籐次の処へ告げに来た。

「おや、盛況でなによりではございませぬか。男ばかりか女の酒豪も混じっておるそうな」

「なに、万八楼の女将も番頭も読売屋もそんな話はしなかったぞ」

おしんの方がよほど事情に通じていた。

新八もこの話を承知の様子だが、小籐次の話し相手をおしんに任せて、黙って聞いていた。

大酒会の催しで揉め事があるとも思えなかったからだ。

「それがしがちと気になったのは一点だけだ。新川河岸の下り酒の問屋の旦那衆を動かしたのは城中のどなたからしい。江戸の商いが活況を取り戻すように大酒会を催すという名目らしいが、城中のどこからかような話が巷に降って湧いてきたか分らぬ」

「この話、公儀が関わっておる話ですか」

「と、新川河岸の旦那方は言うのだ。だが、その相手がどなたか口にせぬそうな。なぜかような大酒会を城中のやんごとない人物が企てられたか、いささか気になったのだ」

おしんと新八の二人は、顔を見合わせた。

未だ小籐次の懸念を二人して察せられなかった。それでも新八が応じた。

「町人の催し、商いを監督し、テコ入れするのは町奉行所でしょう」

「それがそうではないのだ。城中の上の方からの指図があったとのことなのだ。このような粋な計らいを為す奇特なお方が公儀におられたか」

「勘定方がなんぞ策しておられるか」

と新八が首を捻り、

「ちとお待ちください。殿がご存じかどうか用人どのに尋ねてきます」

と席を立った。供待部屋に残ったおしんが、

「酔いどれ様の悩みは尽きませんね、大酒会にまで気配りをなさるとは」

と同情の顔を小籐次に向けた。

「なんとのう、気になってな」

「酔いどれ様の勘はよう当たります」

「褒められたついでにおしんさん、もう一つ話がある」

「おやおや、なんでございますね」

「駿太郎の実の母親のことだ」

「駿太郎さんの実の母御が分っておりますので」

「父親のことは承知だったな」

「赤目小籐次を斃《たお》しにきた刺客の一人ではございませんか。昔に聞いた覚えがございます」

おしんの言葉に頷いた小籐次が、

「須藤平八郎と申す心地流の達人であった。この者、御鑓拝借の因縁でな、相手の四家の一つであった赤穂藩の新渡戸白堂なる者が雇った刺客であった」

と答えたところに新八が戻ってきて、

「用人どのもそのような話は聞いたことがないというておられる。おそらく殿もご存じあるまい。赤目様、この一件を調べるとなると、しばし日にちを貸して下され」

と願った。

「まだ日にちがございますでな」

小籐次が頭を下げ、おしんが、

「赤目様は別件をお持ちでございました」

と言い、小籐次がこれまでの話を繰り返した。

「その刺客の須藤某なる者が男手で育てていた赤子が駿太郎さんなのですよね」

とおしんは念を押した。

「そういうことだ。そなたらには今更言い難いが、駿太郎の父親も母親もこちら、丹波篠山藩青山家に関わりのあるお方なのだ」

「えっ」

おしんが驚きの顔をして、新八が、まさか、そのようなことがという表情を見せた。

「父親の須藤平八郎どのは、国表の篠山藩の馬廻り役百十三石であったそうな。むろんそれがしと対決したときは、もはや青山家を辞しておられた。ゆえにそのことは知らなかった」

「馬廻り役百十三石ですか。われら、江戸藩邸育ちゆえ国表のことは詳しく存じません。馬廻り役に須藤平八郎がいたかどうか」

新八が首を捻り、おしんも訝《いぶか》しげな顔をした。

「母親の方はご存じではなかろうか。藩主青山忠裕様の遠縁にあたる血筋、小出家のお英様と申したらお分りないか」

二人の顔が愕然として小籐次を見た。

「小出家の血筋の女子衆が馬廻り役と夫婦ですか。そのようなことがございましょうか」

「それがいささか複雑なのだ、二人は正式な夫婦ではない。貴藩の内情をわしが話すなど逆様だが、話さねば話が先に進まぬゆえ面倒でも聞いて頂きたい」

との小籐次の言葉に二人が頷いた。

「いかにも藩主家の血筋のお姫様のお英様と、馬廻り役百十三石ではだいぶ身分差があろう。ところが小出家は明和八年（一七七一）の騒ぎに関わって凋落《ちょうらく》したとか」

二人が、はっと思い当たったという表情をした。

「なんでも先々代藩主青山忠高様は学芸を好まれたそうじゃな。藩校振徳堂を開設なされて、藩士の師弟の勉学に熱心なお方であったとか」

「いかにもさよう」

中田新八の顔付きが最前とは比べようもなく険しさを増した。

「ところが子弟の勉学、藩校の開設などに費えを強いられた。藩では領民が出稼ぎで得た金子《きんす》にまで割り金を課したとか、領民が反抗する騒ぎになったそうじゃな」

「わが藩は元来稲作以外にみるべき実入りがなく、気候も厳しいゆえに単作にございます。そこで冬場百日間、酒造りの池田、伏見、灘五郷に出稼ぎに出る慣わしがございました」

新八が小籐次の言葉に応じ、さらに言葉を継いだ。

「明和八年、凶作に見舞われたにも拘らず、出稼ぎ銀の上に別名目で割り金を課したために藩全域で一揆《いっき》が起こりました。この厳しい出稼ぎ銀を考え出されたお方が、小出家の先祖の家老職小出貞恒《さだつね》様でございました。ですが、領内に一揆が蔓延《まんえん》すると公儀の眼もござる。ために貞恒様は一揆頻発の責めを負って切腹なされた。そのお蔭で小出家は取り潰しに遭わずに済みましたが、家老職から相談役という名の無役に落ちたそうな。もう五十年以上も前のことでございます」

「小出家はなんとしても日が当たる場に帰り咲きたいと考えられたそうな。その小出家の頼みが鍵屋小町と評判の美貌のお英様、小出家ではこのお英様を江戸に連れて行き、青山忠裕様の側室にと考えられた」

「人身御供《ひとみごくう》のような話、私は存じません」

おしんが強い調子で言った。

「おしんさん、もう少し我慢して、わしの話を聞いてくれぬか」

「赤目様、口を挟んですみません」

「詫びる要はない。ところが篠山城下を出る前にお英様が懐妊していることが分った」

「その相手が馬廻り役の須藤平八郎でございますか」

「いや、その当時はお英様の相手が須藤どのとは判明しなかった。小出家は密かにお英様に子を産ませ、里子に出し、江戸へ連れて行き、忠裕様の側室にしようと考えたというのだ」

「なんという大胆不敵なことを」

「小出家も追い詰められていたのであろう。ところがだ、秘かに生んだ赤子をだれぞが盗み出した。そのとき、篠山城下でお英様の相手は須藤平八郎という噂が流れたそうな。もはやここまで来ると、藩主忠裕様の側室話は立ち消えになるしかない。むろん忠裕様は、血筋のお英様の側室話などご存じあるまい」

しばし供待部屋を重苦しいほどの沈黙が支配した。

「駿太郎さんの実父はわが藩の馬廻り役須藤平八郎、母御は藩主筋目の小出家のお英様に間違いございませんな」

中田新八が小籐次に念を押した。

玄関前では老中出仕の刻限が迫り、行列が組まれる気配が伝わってきた。

「ただ今の忠裕様は、実兄の忠講《ただつぐ》様が二十一歳で夭折なされたあとをうけて藩主に就かれた。それが天明五年（一七八五）九月のことでござった」

「明晰なる忠裕様は、奏者番兼寺社奉行を振り出しに大坂城代、京都所司代、そして、文化元年（一八〇四）には老中職にお就きになられた」

とおしんが新八の言葉を受け継いだ。

「さよう」

と小籐次が応じ、

「この一件、忠裕様は全くご存じない。またすでに須藤平八郎どのもお英様も身罷られておる」

「赤目様、そなた様の話を疑る気は毛頭ございません。ですが、わが藩にこの一件を承知の者がおるのでございましょうか」

「その昔、青山家の生き字引などと呼ばれた年寄佐々木赤衛門様は未だ愛宕《あたご》裏西久保通にある下屋敷にご健在であろうか」

「息災にして博識ぶりを発揮しておられます」

「佐々木様はわしが話したことはすべて承知しておられる。また佐々木様の話では江戸家老の引田篤右衛門様がご存じで、『小出家の一件はすべて闇に葬られたはず』と申されたそうな」

「なんということが」

とおしんが息を吐いた。

「登城！」

の声が表玄関から響いてきて、老中青山忠裕の登城の行列が、さくさくさく
と足音を響かせて門外へと出ていくのが分った。

「さあて赤目様、本日のご用件を伺いましょうか」

中田新八が小籐次を見た。

「昨年のことだ。おりょうが主宰する芽柳派の中で内紛が生じた。門弟衆が増えすぎて分派を造った者がおる。同朋頭《どうぼうがしら》塩野義佐阿弥《すけあみ》なる人物が策動しおった騒ぎ

だ。そなたら二人に助勢を願ったで、説明の要はないな。この者が駿太郎に、どこから聞き知ったか、須藤平八郎どのが駿太郎の実の父親と告げ口しおった」

「なんということを」

おしんの顔が怒りで真っ赤になった。

「その塩野義佐阿弥は、駿太郎とおりょうが始末した。だが、駿太郎は実の父親がわしではないことを塩野義の口から聞き知った。この事実はいつの日か、わしとおりょうの口から話そうと考えておったことだ」

「駿太郎さんは動揺なされているのですか」

「当人の気持ちは分らぬ。だが、未だわしを父親と、おりょうを母親と立てておる」

「ならばなんの差しさわりもございますまい」

「だが、駿太郎の実の父と母は別におったことに変わりはない」

「どうなされようというのです」

「おしんさん、われら三人、須藤平八郎どのを駿太郎の実父、お英様を実母として認めて生きていこうと思う」

二人が頷いた。

「わしが須藤平八郎どのと対決したのは、新網北町の塩問屋播磨屋の屋敷の離れ屋の庭にござった。勝敗が決したとき、わしは須藤どのの願いにより駿太郎をわが子として育てる決心をした。その折、赤子を抱いてその場から離れることばかりを考え、須藤平八郎どのの骸《むくろ》がどこへ葬られたか承知しておらぬ」

「われらに探してくれと申されますか」

「いや、最前も申したが、須藤どのの雇い主は赤穂藩の新渡戸白堂なる人物、ゆえに塩問屋の播磨屋の屋敷に置き去りにされた須藤どのの亡骸を始末したのは、赤穂藩の関わりの者か、塩問屋の播磨屋と思われる。その筋はわしが調べてみようと思う」

「赤目様は駿太郎さんの母御、小出お英様の墓所がどこか知りたいのでございますね」

「おしんさん、小出お英様は確かに身罷ったのであろうか。篠山に戻られたことはないのか」

と新八がおしんに質し、おしんは、

「新八さん、そのことを承知なのは赤目様ですよ」

と言いながら小籐次を見た。

「小出お英様は、駿太郎にとってよき母親であったか、わずかな付き合いでありなんともいえぬ。ただはっきりとしている事実がある。お英様の父親小出貞房は駿太郎を小出家の血筋として認めようとはせず、命を絶とうと自ら刀を振りかぶった」

「なんということを」

「おしんさん、その折、お英様が身を投げ掛けて駿太郎の命を守り、自らは命を絶ったのだ。お英様は最後の瞬間、母親の気持ちを取り戻していた。ただ今駿太郎が生きて十一歳に成長したのは、須藤平八郎どのと小出お英様二人のお陰である。間違いなく駿太郎の実父は須藤平八郎どの、実母は小出お英様である」

「そして、育ての親は赤目小籐次様とおりょう様」

「おしんさん、われら、駿太郎をどこにも手放すことはない。だが、父と母の存在を駿太郎にはっきりと伝えておきたい」

「そのために小出お英様のお墓がどこか調べてくれと申されるのですね」

「そういうことだ、おしんさん」

小籐次の返事にしばしおしんから返事はなかった。

「われら、これまでどれほど赤目様の手助けを受けたか」

「そのお子がなんと篠山藩青山家と深い関わりがあったとは、さすがの殿もご存じございますまい。赤目様、今後とも宜しくお付き合いのほどを」

とおしんが願い、小籐次の望みを請け合った。

この日、小籐次はもう一軒、大名屋敷を訪ねた。

御鑓拝借の騒ぎの一家、芝神明《しんめい》にある播磨国赤穂藩森家の上屋敷に御先手組番頭の古田寿三郎を訪ねたのだ。

だが、古田は参勤下番で国表の赤穂に戻り、本年四月にならなければ江戸に戻ってこないとの玄関番の返事で、須藤平八郎の墓所がどこにあるのか調べがつかなかった。

三

正月も終わりに近づいたある日の昼前、小籐次は芝口橋に小舟をつけ、久慈屋の店頭で頭を下げ、

「いささか新年の挨拶が遅くなり申した。おめでとうござる。今年も宜しゅうお願い申す」

と新春の賀を述べた。

「今年はのんびりと須崎村で家族水入らずの正月を過ごされたようですね」

「大番頭どの、あれこれと来し方を考えるところがあってな、静かなる正月にござった。じゃが、いつまでも隠居並みの暮らしをしているわけにもいかぬ。そろそろと思うて、顔を出しました」

「新兵衛長屋に研ぎ場を設けますか。それともどうですね、年が変わったのです。昔ながらに芝口橋の往来の人々を見ながらうちに研ぎ場を戻しますか」

大番頭の観右衛門が迫った。

「深川蛤町裏河岸では未だ思い出したように賽銭を上げる人がいるというがな」

「さすがにこちらはございません。それだけ川向うよりこちらのほうが、世間様の心移りが早いのではございませんか」

「わしが生き神様であった件を忘れてくれたか。ならば新年の挨拶がわりにこちらに研ぎ場を設けさせてもらいます」

小籐次は小舟から研ぎ道具を運んできた。すると手代の国三がきちんと研ぎ場を設けて、木桶に水を汲んでくれていた。

「国三さん、初研ぎじゃ。なんでも道具を預かろう」

手代に乞うた小籐次は久しぶりに慣れた久慈屋の土間の一角の研ぎ場に座り、橋の方角を見た。

いつものように大勢の人々や大八車や駕籠《かご》が橋を往来していた。中には下城する武士の行列もあって、江戸らしい光景があった。

そんないつもの景色がなんとも新鮮な気持ちであった。

水に濡らした砥石を研ぎ台に固定し、体勢を固めた。

「赤目様、道具はこちらに置いておきます」

国三が研ぎ場の傍らに置いた紙問屋の刃物の中から一本を選び、光の中に刃物を翳して親指の平《ひら》で、

すいっ

と刃の感じを見た。

長年の研ぎ仕事で覚えた感触が伝わってきた。目には見えない刃こぼれが分った。刃を水で濡らし、砥石の面に寝かせた。

あとは手と体が勝手に動き、

しゅっしゅっしゅー

と馴染みの律動的な音が久しぶりに久慈屋に響いた。

小籐次には見えなかったが、帳場格子の中からその様子を窺っていた観右衛門がにんまりと微笑んだ。そして、

「久慈屋には酔いどれ小籐次様の研ぎ姿がぴたりと収まりますな」

と一人満足げに呟いたものだ。

芝口橋を往来する人々も小籐次の研ぎ姿を見て、

「おや、戻ってきたな、酔いどれ様がよ」

「神様から研ぎ職人に舞い戻られたな」

「もう賽銭なんぞ投げちゃあいけないいな」

「ああ、かしわ手なんぞ打つと、来島水軍流で抜く手も見せずに斬られるぜ」

などと言い交わしながら通り過ぎて行く。

いつもの場所でいつもの研ぎ仕事に精を出す、このことを小籐次はどれほど望んでいたか、無心に研ぎ続けながら感じていた。

どれほどの刻限が過ぎたか。

小籐次の前に人影が立ち、動きを止めた。

「山は富士、研ぎ師は酔いどれ小籐次って図ですね」

しゃがみながら声をかけたのは難波《なにわ》橋の秀次親分だ。

二人は遅まきの新年の挨拶を交わして言い足した。

「今年はのんびりとした正月休みをもらった」

「赤目小籐次様はふだんが忙し過ぎるんですよ。正月くらいは、のんびりとすることだ。とはいえ、万八楼の大酒会が迫ってきますな。あちらでは酒飲みの人数を絞り込むのに苦労をしているようですぜ」

「参加を希望する人が三百人を超えたと聞いた」

「とんでもない、すでに四百を超えましたそうな。そこで新川河岸の旦那衆と万八楼があれこれと知恵を絞って五十人までに絞り込むことにしているようですよ」

「五十人でも大酒飲みが顔を揃えるのはどうかと思うな」

「その多くが酔いどれ様目当てですよ」

「という話を聞いたがあてにならぬ」

「いえいえ、知らぬは赤目様ばかりなりってね。参加を断わられた酒飲みは、万八楼に見物だけでもと願っているそうですぜ」

と会話を交わす二人に観右衛門が、

「親分、昼餉は食しましたか。赤目様があまり熱心に研ぎ仕事を続けておられるので声をかけるのを躊躇《ためら》って、八つ（午後二時）の刻限になりました。餅入りのうどんですが、どうですね」

秀次をダシに小籐次に昼餉を思い出させた。

「なに、すでに八つの刻限か」

「最前、増上寺の切通の鐘が鳴りましたでな、八つは過ぎております」

小籐次は研ぎ場を古布で覆い隠して、秀次と三和土《たたき》廊下から久慈屋の台所に行った。

黒光りするほど拭かれた広い板の間の一角に火鉢があって、鉄瓶がしゅんしゅんと音を立てていた。

女中頭のおまつが、

「酔いどれ様よ、もうみんなとっくに昼餉は済ませたよ」

「女衆もか」

「ああ、親分も餅入りのうどんを食べておいでな。赤目様だけでは寂しかろう」

と二人分の餅を焼き始めた。

「今日、新兵衛長屋に寄ってきましたかえ」

秀次が火鉢に手を差し出しながら聞いた。

「いや、今日どころかこの界隈に顔を出したのは今年初めてだ」

「新兵衛さんが風邪を引いたようで鼻水垂らしながら、お題目を唱えてますぜ」

「それはいかぬ。帰りに立ち寄って見舞っていこう」

「大酒会が終わったら早々に甲州身延山久遠寺に代参行ですか」

「そのつもりじゃが」

「代参に行く前に新兵衛さんがぽっくりと逝くことにならなきゃいいがな」

と秀次が案じた。

「それは困る。うちもお夕ちゃんも身延山久遠寺参りの心積もりでいるのだ」

「まあね、新兵衛さんは神隠しに遭って三途《さんず》の川辺りから追い返されてきたお人だ。すぐにそんなことはあるまいと思いますがね」

秀次が言ったところに焼餅入りのうどんが運ばれてきた。

「おお、これは美味そうな」

小籐次は急に空腹を覚え、

「頂戴する」

と呟くと餅に箸を出した。

この日、七つ半（午後五時）前まで久慈屋で研ぎに精出したが、幸いなことに拝まれることも賽銭を投げられることもなかった。その代わりに、

「なんでも万八楼の大酒会の行司方を勤めるそうじゃないか。やっぱり神様より酒のほうがいいんだね」

なんて声が聞こえてきた。

（生き神様から酔いどれに舞い戻ったか）

どことなく寂しさと安堵の感情が複雑に交錯した気持ちで、新年初日の仕事を無事に終えた。

「赤目様、京屋さんが研ぎを待っておられますよ。うちだって中途のままですからね、大酒会が終わるまで、研ぎ道具はうちに預かっておきましょう」

観右衛門が国三に目で合図してさっさと道具を店の奥に片付けさせた。

新兵衛は、どてらを引きずるように着込んでお題目を唱えながら、洟《はな》を垂らして長屋の中を歩き回っていた。

「新兵衛さん、寝てなくてよいのか」

小舟の中から小籐次が勝五郎に尋ねると、うんざりとした顔の版木職人の勝五

いい郎が、

「どうやって新兵衛さんを床に寝かせるんだよ。赤子だってまだ聞き分けがいいぜ。いくらお麻さんとお夕ちゃんが寝床に連れていっても、寝間着のままふらふら出て、力のねえお題目だ。どてらを着せて勝手にさせているしか手はねえよ」

と投げやりな口調で言った。

二人してすっかりと新年を祝する言葉も忘れていた。

「早く身延山に代参に行かねえと行く要がなくなるぜ」

勝五郎も秀次と同じことを言った。

「そうは申しても大酒会のことがある。それに未だ甲州路の春は名のみ、女連れで旅するには寒かろう」

小籐次は勝五郎にいうと、

「本日はこのまま失礼する。明日も久慈屋に来るでな、須崎村で産みたての生卵でも見舞いに持って顔を出す」

と小舟を石垣から離そうとした。すると新兵衛が小籐次をみて合掌《がっしょう》し、お題目を唱え始めた。

「おや、また酔いどれ様が生き神様になったぜ」

「止めてくれ、ようやく、久慈屋に研ぎ場を設えたところだ」

と言い残した小籐次は早々に小舟を新兵衛長屋から離した。


新兵衛の風邪は、春が進んでもなかなか抜けなかった。

一方小籐次は、代参の旅の費えを稼ぎ出すためにせっせと馴染みの得意先で研ぎ仕事に精を出した。

いつしか大酒会が明日に迫った。

前日は、久慈屋で研ぎ場を設けて早めに仕事を済ませた。

「明日はいよいよ大酒会だな。そんな頭で万八楼に行きますかえ」

と声がして、ほら蔵こと読売屋の書き方兼なんでも屋の空蔵が姿を見せた。

「この頭ではいかぬか」

「てめえの姿は見えないかね。芝口橋の雑踏の埃《ほこり》が、もくず蟹の不細工な大顔に塗れているよ。顔は変えられねえ、だが、髷《まげ》くらいさっぱりとしねえか。行司方がこれでは大酒会が湿気《しけ》っぽくなるぜ」

「心配めさるな、空蔵さんや。おりょうが明日、髪結いを望外川荘に呼んである」

「さすがはおりょう様だ。亭主のぶ男ぶりは承知とみえる」

「余計なことじゃ。この大顔におりょうは惚れたそうだ」

「おや、自信を持ったかね」

と空蔵が漏らし、

「大酒会の行司方になった感想はないか」

「早商《はや》いを始めようという魂胆か。ただ皆が酒を飲むのを見ておるだけだ、なんの感想があろうか」

「それで済むかねえ」

空蔵は小籐次が大酒会に出ないのが、なんとも残念という顔をした。

「こたびはだれが勝ちを得るのか、推量がついたかな」

「おまえさんが出た折に勝ちを得た鯉屋利兵衛さんは、やはり歳をとった。もはや一斗九升は無理だというておる。それにこたび、利兵衛さんに三人ほど強敵が現れて、利兵衛さんを脅かしておる。三人して侍じゃというぞ」

「屋敷奉公の侍か」

「いや、浪人者とか諸国を武者修行してきた剣術家だそうだ。三人ともに新川河岸で試しに三升入りの酒を二杯、軽々と飲み干したそうだ。越後浪人家村新五兵衛、なんとか一刀流の大兵饗場《だいひようあえば》雄太郎、それに江戸の傘張り浪人月形添蔵《つきがたてんぞう》の三人が利兵衛さんの対抗馬だ。ともかく三人して十両の賞金が目当てゆえ、必死だ」

空蔵は、新川河岸での参加人数を絞り込む催しを見物した様子だった。

「女子がおると聞いたがどうだ」

「それだ。素人女とどこぞの飯盛女だという二人が、本戦に駒を進めた。素人女は、お恵というたかな。なんでも若くて痩身の上に見目麗《みめうるわ》しく、それが平然と六升を飲み干したそうな。飯盛女は大年増だが酒を飲み慣れておるな。このおふなる女子は見たが、大女で美形ではなかったな」

「美形はどうでもよかろう。酒が強ければな」

「酔いどれ様らしくねえ言葉だな。酒は品格が大事といつもいうておらぬか」

「まあ、常々己に言い聞かせておる。だが、酒飲みで品格があれば大酒会などに出るまいて。あまり明日のことは想像もしたくない」

小籐次は観右衛門ら久慈屋の面々に、

「それでは明日に」

と挨拶して、いつもより早めに小舟が舫われている船着場に下った。するとなぜか空蔵がついてきた。

小籐次は舫い綱を解きながら、城中で大酒会を発案し、新川河岸と万八楼を唆《そそのか》した発案者はとうとう分らず仕舞いだったな、と中田新八とおしんが大酒会の前日になっても姿を見せぬことを思い出していた。

「赤目様よ、最前、須崎村でおりょう様に会ってきたぜ」

空蔵が不意に言った。

舟に乗り込んだ小籐次は空蔵を見た。

「身延山久遠寺代参旅の道中記をうちの読売に載せてくれないかと、念押しに行ったんだよ」

「なに、まだあのことを覚えておったか。旅から戻ってそなたに付きまとわれるのはどうかと思うがな」

小籐次はおりょうの迷惑を懸念した。

「断わられたであろう」

「快く受けられた」

小籐次は空蔵の顔を小舟から見上げた。

「旅の途中から一、二度、飛脚でうち宛てに文を送ってくれるそうだ。読売に載せてよいかどうかの判断は、この空蔵に任せるそうだ」

「いささか驚いたな。おりょうが書く文がそなたの読売に合うかのう。そなたの読売は、斬った張ったが売り物だろうが」

「いや、そうでもない。近頃な、浮世の人すべてが血なまぐさい話を欲しているわけではない、とこの空蔵は見たんだよ。江戸の人がそう簡単に身延山詣でに行けるわけではなし、おりょう様の目に映った在所の鄙《ひな》びた暮らしや美しい春景色だって求めている人がいると見た」

「そんなものかのう」

「それによ、一つ二つは騒ぎと出会おうじゃないか。なんたって酔いどれ小籐次様とおりょう様の道中だもんな」

「やはりそちらが狙いか。だが、おりょうはわしのことなどは書かぬぞ」

「まあ、そっちの方は身延から帰ってきたあと、おれがおまえさんに問い質すよ」

「なんだか夫婦してそなたに取り込まれたようだな」

と漏らした小籐次は小舟を出した。

「明日、万八楼で会おう」

「なに、そなたも行くのか」

「読売屋はその場にあってなんぼの仕事だ」

という声が久慈屋の船着場から響いてきた。


小籐次が須崎村の望外川荘の船着場に小舟を着けると、船が一艘舫われていた。

だれやら来客かと望外川荘に急ぎ戻ると、おしんがおりょうと話していた。

「報せが遅くなりました」

おしんが小籐次の姿を見て言葉を掛けた。

「なんぞ分ったか」

「それが」

おしんが役に立たなかったという顔で小籐次を見た。

「おかしなことに、城中ではどなたもそのようなことを新川河岸に命じてはおらぬそうです。ところが新川河岸の旦那衆は、確かに立派な乗り物で乗り付けてこられた勘定奉行鈴村鉦左《かねざ》衛門《えもん》継唯《つぐただ》というお方であった、と言うのです。その武家方が若年寄田沼意正《おきまさ》様の書状を差し示して談判されたそうな」

「新川河岸の旦那衆がそう言うたか」

「はい。わが殿、老中青山忠裕の名を出してようやく」

若年寄田沼意正の父は、明和から天明にかけて権力を揮った田沼意次《おきつぐ》だ。だが、意正は水野忠友に養子に出され、後に離縁されて田沼家に戻り、ただ今は文政六年七月に父が老中として五万七千石の全盛を誇った遠江《とおとうみ》の相良《さがら》に転封されたが、一万石の小名としてであった。

「田沼様に用人を介して尋ねたところ、さような真似をした覚えはないとのこと。さらに不思議なのは、赤目様、勘定奉行遠山景晋《かげくに》様配下に、鈴村鉦左衛門継唯という名の者はおらぬのです」

小籐次はおしんと顔を見合わせ、嫌な予感を持った。

四

小籐次は、継裃にこの前まで駿太郎が差していた小さ刀を腰に差し、両国柳橋の万八楼の船着場に小舟を着けた。すると三味線と太鼓の音が、

「大酒会」

の戦いを静かに告げていた。

万八楼の一階からも二階からも大勢の人のざわめきが聞こえてきた。すでに大

酒会の参加者は集まっているらしい。

小籐次は七年前の大酒会では、飲むことばかりを考えていたために、万八楼の様子やだれに会ったかなども覚えていなかった。まして三味線や太鼓まで入って景気をつけていたなんてことも一切記憶になかった。

「おお、お出でなされましたな」

万八楼の主の万屋八郎兵衛や新川河岸の酒問屋の旦那衆、本日の世話方たちが羽織袴姿に威儀を正して出迎えた。

「お出でもなにも、研ぎ屋の爺が形を替えて参っただけのことです」

「とんでもない。ただ今の赤目小籐次様は江都どころか諸国に武名が鳴り響いた剣術の達人、その内儀様は美形の歌人でございましょう」

「そればかりか、近頃では酔いどれ大明神、赤目稲荷様と神様と同列の扱いのお方、今回の大酒会の主役でございますでな。本日神様が行司方でございますで、私どもも緊張致します。ともかく粗相のないようにと一同で話し合ったところです」

出迎えの世話方が口々に言った。

「皆の衆、大明神、お稲荷様は困る。ようやくただの爺侍に戻ったところじゃ。

本日、そのような話なれば、それがし、これにて戻らせて頂きますぞ」

「いえ、それはなりませぬ。決して大明神、お稲荷様などとお呼びしませぬゆえ、須崎村にお戻りにならんで下され」

と八郎兵衛が慌て、世話方の一人が、

「おおそうじゃ、六十七人が初めて飲むところから赤目小籐次様が行司方で見届ける要はございますまい。十人ほどに絞られた辺りからご出座ではどうでございますな」

と言い出し、

「それがいい。公方《くぼう》様も殿様も噺家《はなしか》も、お出番は最後の最後のほうが有難い」

と一同が口を揃え、小籐次は神田川に止められた屋根船に案内された。すると屋根船の中に炬燵が設えられ、酒が用意されていた。

「それがし、のんびりとこちらで過ごしておってよいのか」

「大看板、横綱、真打《しんうち》はトリを取って頂ければよいのです」

八郎兵衛に言われ、小籐次は炬燵に足を入れて、神田川を往来する船の波に揺れる屋根船に身を任せていることにした。

突然三味線と太鼓の音が賑やかになり、柳橋芸者の歌が加わって大酒会が始まった気配があった。

小籐次はつい音曲の調べと人声に眠りを誘われた。

うつらうつらと眠りながら、酒飲みたちが三升を飲み干すたびに上がる歓声を聞いていたが、いつしか熟睡していた。

「赤目様、赤目小籐次様、出番にございます」

男衆の声に小籐次は慌てて眼を覚まし、炬燵から出た。

万八楼の裏口から小籐次は帳場に入ったが、大きな料理茶屋全体が濃い酒の香りに包まれていた。酒が嫌いな者はこれだけで悪酔いしそうな雰囲気だった。

「おや、今頃ご到着か」

と空蔵が帳場に顔を覗かせた。

「どんな風だ」

「やはり鯉屋利兵衛の旦那は強いな。すでに三升の大杯《おおさかずき》で三杯飲み干しておる」

「それはそれは」

「対抗馬は、昨日話した饗場雄太郎、家村新五兵衛、月形添蔵、素人娘のお恵に大女のおふなの五人に絞られたな。ただ今短い休息のあとに最後の戦いが始まる」

と空蔵が状況を説明し、

「赤目小籐次様、お出番にございます」

万八楼の番頭波蔵が迎えに来た。

二階の大広間に入ると見物人が二百人以上はいて、その前に酔い潰れている者が赤い顔、真っ青な顔で寝ていた。さらには別座敷で高鼾《たかいびき》が聞こえ、厠から、
げえげえ
と吐く気配が伝わってきた。

「行司方酔いどれ小籐次様、ご出座にございます」

三味線を抱えた老妓が一段と声を張り上げ、見物人が、

「よっ、酔いどれ大明神！」

「赤目小籐次大稲荷様！」

などと口々に叫んだ。

最終の対戦者六人が入ってきて、高い舞台に勢ぞろいして座った。

小籐次が承知なのは鯉屋利兵衛だけだ。男たちのだれもがすでに酔っている様子がありありだった。

女子二人は、全く対照的だった。

素人娘のお恵は細身にして美形、年の頃は二十歳前か。京友禅の振袖をきちんと着こなしていた。一方の飯盛女というおふなは、大女にして愛嬌のある大顔、歳は三十三、四か。大きな体が、

ゆらりゆらり

と揺れていた。

三升入りの朱塗りの大杯がそれぞれ六人の前に置かれていた。それぞれの飲み方に三人の介添えの男衆が従っていた。二人は大杯を両脇から保持し、もう一人が立ったまま、大きな塗りの銚子で大杯になみなみと注ぐ係りだ。

「よおっとな、

万八楼の大酒会、いよいよ大詰めにございます

揃《そろ》た揃うたよ、六人の飲み手

さばく行司は、天下に名高き酔いどれ小籐次

大杯四杯目の飲み比べにございー」

柳橋の若い芸者が扇子を広げて声を張ると、太鼓、三味線、笛に鉦《かね》が、

ちゃんちき、ちゃんちき、ちゃんちきち

と飲み方の意欲を煽《あお》るように奏され、男衆が大杯を抱えて六人の顔の前に差し

上げ、大銚子から酒が注がれていった。

これを飲み収めると一斗二升ということになる。

六つの大杯にほぼなみなみと酒が注がれた。

小籐次は多い少ないを子細に見比べて、継裃の帯に差した扇子を抜くと高く掲げて、

「ご一統様、無理をせずに酒を楽しみなされよ、そおーれ！」

とゆっくりと扇子を下ろした。

一斗を越えた酒を飲み干した者でしか分らない苦しみを承知していたから、

「急ぐでないぞ、酒を楽しみなされ」

と言外に伝えたかったのだ。

賑やかなお囃子《はやし》が急調子に変わり、六人が一斉に飲み始めた。

ごくりごくり
喉が鳴る音が六つ重なった。

小籐次は若い娘の飲み方が気になった。

あの細身のどこに九升の酒が入っているのか、顔色も変えずにさらに三升を美味そうに飲もうとしていた。

その隣りに座るおふなは、一気に半分ほど飲んだ。だが、半分を過ぎた辺りで大杯に掛けた手が震えるのが小籐次に見えた。

「おおっ、おふな、どうした。十両じゃぞ！」

おふなの知りあいが勝者に与えられる賞金の額を叫び、鼓舞した。

その途端、おふなの大きな体が朽ち果てた大木が崩れ落ちるように、舞台の後ろにゆっくりと倒れて行った。

どすーん
と大きな音がした。

「おふな！」

という悲鳴が上がった。

だが、もはやおふなは大鼾で意識を失っていた。

続いて傘張り浪人の月形添蔵が、四杯目を七合ほど残して大杯から両手を離し、前のめりにゆっくりと崩れていった。

残る饗場雄太郎、家村新五兵衛、お恵、そして、鯉屋利兵衛の四人はほぼ同時に四杯目を飲み切った。

直ぐに五杯目が用意されていく。

利兵衛は口直しに塩を少しだけ舐めた。塩だけは酒の、

「菜」

として舐めることを許されていた。

饗場、家村、お恵の三人は塩も舐めなかった。

「おい、酔いどれ様よ、だれが勝ち残るかね」

小籐次の背中から空蔵の小声がして問うた。

「わからぬ。ただ……」

「ただ、なんだ」

「お恵さんじゃが、飲んだ酒は一体全体どこへ行くのか」

不思議であった。

饗場、家村、利兵衛の三人は、これまで飲んだ一斗以上の酒で腹が膨らんでいた。だが、お恵の細身は小籐次が見た当初より変わりなく、顔も平然としたままだ。

「空恐ろしい飲み手だな。全く酔っている風はない」

そこだ、と小籐次は訝しく思った。

飲んだ酒がお恵の体を通過してどこかに消えていく錯覚を覚えた。

「五杯目にございますぞ！」

若い衆の声がした。

これを飲み干せばかつて小籐次が飲んだ一斗五升に並ぶことになる。

激戦である。

囃子方の調べが静かに始まり、四人が五杯目に向った。

小籐次はただお恵の喉を見ていた。白く細い喉が規則正しく動いて酒が喉を下り、胃の腑へと落ちていく。

のそり

口を手で押さえた饗場雄太郎が舞台の床から下がり、厠にでも駆け込む様子があった。これで饗場が脱落した。

残るは家村、お恵、そして利兵衛の三人だ。

三人の大杯の傾きはお恵が大きく、ということは一番多く飲み、次いで利兵衛、最後が家村の順だった。

家村が大杯から口を離し、いやいや、をするように顔を横に振って脱落の意志を見せた。

残るお恵と利兵衛はこの順で飲み干した。

六杯目。

一斗八升飲み切れば、文化十四年の大酒会で打ち立てた鯉屋利兵衛の六杯半に近づく。

二人の勝負になり、しばし休息が取られた。

そのとき、お恵が行司方の赤目小籐次を見た。

涼やかな眼差しである。

「行司方赤目小籐次様にお願いがございます」

「なんでござろう」

「幕間《まくあい》狂言と思召《おぼしめ》して天下に名高き酔いどれ様、一杯だけ酒の飲み方をご指導下さいまし」

と願い、会場に、
わあっ！

と大歓声が沸いた。

小籐次も世話方も口を挟む隙もないほど絶妙な間合いであった。

伏見屋金右衛門ら世話方が困った顔で小籐次を見た。その顔には、

「一杯だけお手本を」

と哀願する表情があった。

「酔いどれ、酔いどれ！」

大歓声が万八楼に響き渡り、もはや収拾がつかなくなっていた。

小籐次は手にしていた扇子を大きく振ると場を鎮めた。

「本日、それがし、行司方としてこの場に招かれた。ゆえに酒を飲むのはいささか約定違反じゃが、勝ち残られたお二人のうちのお一人、お恵さんのたっての頼みゆえ一杯だけ頂戴しよう」

と言わざるを得なくなった。

場が再びざわめき、黒塗りの大杯が新たに運ばれてきた。

「赤目様、お恵、後々の誉《ほま》れ、自慢のタネに私のこの酒杯にてお召しあがり下さい」

とお恵が、すでに新たなる三升が注がれた自らの朱塗りの大杯で飲むように願った。そして、若い衆が小籐次の前に運んでこようとした。

「あいや、それは止めて下され。行司方がそなたら一人の大杯に手を付けたとしたら、あとあとなにを勘繰られてもならぬ。別の杯にて頂戴しよう」

小籐次は黒塗りの大杯に酒を注ぐように命じた。小籐次はお恵の大杯に仕掛けがあるのではないかとなんとなく思っていた。

「ご一統様、年寄り爺の座興にござる。鯉屋利兵衛どのとお恵どのの決戦、どちらに軍配が上がろうと、見事な飲みっぷりと申してよかろう。その前に」

と小籐次が閉じた白扇を膝の上に置き、運ばれてきた大杯に両手を軽く添えた。

「お願い申す」

と左右から支える若い衆に声をかけた小籐次が、大杯に口をつけた。

なみなみと注がれた灘《なだ》の銘酒の香りが、小籐次の鼻をついた。

会場じゅうに酒の匂いがしていた。だが、ただ今この瞬間、小籐次の前にある三升の酒の香りを小籐次だけが独占していた。

くいっ
と飲み始めた。

ゆっくりと大杯が傾けられて行き、確実に黒塗りの大杯が小籐次の大顔を隠していく。

これまでの六人の酒の飲み方とは異なり、悠然たる酒の楽しみ方であった。それが小籐次の動きに窺えた。

（まるで茶道の宗匠が茶を喫するような）

至福の顔を見せていた。

酒が喉から胃の腑に回り、陶然とした酔いを感じたとき、小籐次は、

（あっ）

と思い出していた。

お恵の顔にもう一人の女の顔が重なった。

そのとき、小籐次はほぼ三升の酒を飲み切ろうとしていた。大杯の底に三、四合ほどの酒が残っていた。

殺気が前方から押し寄せてきた。

小籐次が左右から大杯を支える二人の若い衆を両手で横へと突き飛ばし、宙に浮いた大杯を天井に向って軽く投げ上げた。

一瞬の間で視界が開けた。

お恵がどこに隠していたか、懐剣を手に小籐次に突っ込んできた。

小籐次は膝の上の白扇を摑むと、飛び込んでくるお恵の喉元に突き出した。

白扇と懐剣が交錯した。

だが、一瞬早く白扇の先がお恵の細い喉元を突き、後ろに突き飛ばすと、お恵の口から鯨が潮吹きするように酒が吹き上がった。

小籐次は白扇を捨てると、虚空から落ちてくる黒塗りの酒盃を両手で摑んだ。最前厠に消えた饗場雄太郎が二本の刀を手に姿を見せると、会場の一角に酔い潰れていた家村新五兵衛へ向って一本の刀を投げた。

饗場が鞘を払って小籐次に斬り掛かってきた。だが、一斗以上も飲んだ体だ、踏み込みも斬り込みも浅かった。

小籐次は大杯を手に舞いでも舞うようにゆるゆるとした動きで刃を外し、手にしていた大杯の残り酒を飲み干そうとすると、家村が低い姿勢から小籐次の足を撫で斬ろうとした。

「邪魔致すでない」

小籐次の鋭い一喝が家村の動きを牽制すると、小籐次は残った酒を最後の一滴まで飲み干した。

会場に歓声と悲鳴が上がった。

小籐次は空になった大杯を手に飛び上がり、立ち竦んでいた家村に大杯を投げつけた。

家村が空の大杯を避けた。

その間に饗場が体勢を整え直すと、再び斬り掛かろうとした。

そのとき、小籐次は継裃の腰から小さ刀を抜き、饗場の大刀を緩やかな舞いで外すと、鳩尾《みぞおち》に小さ刀を突き通した。

ぐえっ

饗場がその場に倒れ込んだ。

残る一人の家村は饗場より意識がはっきりとしていた。

正眼《せいがん》の構えのままにじりじりと間合いを詰めてきた。

小籐次の持つ小さ刀は合口拵え、鍔がないことを家村は認めていた。

鍔のある大刀と鍔のない小さ刀の二つの刃が嚙み合えば、断然大刀を保持する家村が有利になる。

小籐次は舞台へと下がりながら、若い衆が大銚子を手に立ち竦んでいるのを眼の端に留めた。

「ご免なされ、お借りする」

小籐次は大銚子を摑みとると、左手に突き出して構えた。

「われには酒神様がついておられる」

と小籐次が呟くと、

「よう、酔いどれ小籐次、天下一！」

読売屋のほら蔵の掛け声が小籐次を応援した。
家村の血相が変わり、正眼から八双《はっそう》に構えを変えた。一気に勝負をつけるつもりのようだった。
「死ね、赤目小籐次！」
踏み込み鋭く家村が小籐次に迫り、八双の剣を振り下ろして大銚子を持った手首を斬り落とそうとした。
小籐次が刃の下に腰を沈めた矮軀を大胆にも移し、大銚子で家村の顎の辺りを殴り付けた。
その直後、家村の刃が小籐次の体の傍らを流れて空を切った。
小籐次は大銚子を、
ひょい
と家村の顔の前に放り投げて視界を閉ざし、空になった左手を額に翳すと、
「赤目小籐次、酔い剣《つるぎ》！」
と言いながら、小さ刀で家村の首筋を、
ぱあっ
と截ち切った。

血飛沫《ちしぶき》が酒の匂いに紛れて飛んだ。

大広間は一瞬、森閑《しんかん》とした。

そこに老中青山忠裕の密偵中田新八とおしんの二人が飛び込んできた。そして、その場を見回し、

「赤目様、いささか探索が遅きに失しましたな」

と新八が悔いたように呟いた。

小籐次は、万八楼にお恵の姿がないことを確かめた。

小さ刀を懐紙で拭《ぬぐ》うと鞘に納め、

「どうだな、こたびの大酒会の勝者は鯉屋利兵衛どの、二位は月形添蔵どの、そして、三位はおふなさんとせぬか」

と小籐次が言い掛けると、世話方らが大きく頷き、万八楼で見物していた大勢の客の間から万雷《ばんらい》の拍手が起こった。

第四章　おさいの故郷

一

久慈屋の帳場格子の中に馴染みの声が聞こえてきた。

「あーあああー」

喉の調子を確かめているらしい。

観右衛門は、帳付けの筆を止めて開け放たれた表口越しに芝口橋を見た。

春の穏やかな日差しが御堀の柳に降り注ぎ、そよ風に枝が揺れていた。

空樽の上に乗った、読売屋の書き方にして何でも屋のほら蔵こと空蔵が片手に細い竹棒を持ち、往来する人々をぐるりと差し回した。

「往来の衆よ、この芝口橋は元々新橋という名で、慶長九年（一六〇四）というからおよそ二百年以上も前に架けられた橋だ。それがだ、百十年ほど前の宝永七年（一七一〇）に札の辻にあった芝口御門をこの橋の北側、そうだな、紙問屋の久慈屋さんの前辺りに移したと思いねえな。そんなわけで新橋は芝口橋と呼ばれることになったんだ」

空蔵が講釈を並べ立てると、

「おみゃあさん、えらく話が詳しいが何者だべ、おらが在所じゃ、おめえみたいな怪しげな話し方は、銭っこを騙し取る輩と決まっているだよ」

「おいおい、爺さんよ。この空蔵の異名《いみょう》を承知の上での話か」

「はずめてあったご仁だ、名なんぞ知らねえ」

「そうか、そうだな。初めて出会ったおれたちだ。名なんぞ知るわけもない。読売屋のほら蔵こと空蔵だ」

「ほれ、見ねえ、ほら蔵と呼ばれているでねえか」

「確かにほら蔵と呼ばれているがよ、ほらを吹くのはこの読売の中だけだ。ほらというても、悪意があるほらではない。話を面白おかしくするためのほら、いわば言葉の綾だ。だからよ、爺さんの懐《ふところ》の銭をなにも掠《かす》めとろうなんて魂胆は毛頭ない」

「騙し屋はみなそういうだ」

「信じねえか」

「ならば、なんの商売だ」

「爺さんの名はなんだ」

「名を聞いてどうするだ。おらは下野《しもつけ》国例幣使《れいへいし》街道の犬伏宿《いぬぶしじゅく》から公事《くじ》で江戸によ、出てきた唐作、隣りの連れは、鍛冶《かじ》屋の九造だ」

「唐作爺さんに鍛冶屋の九造さんか」

「うんだ」

「江戸の土産に、先日両国は柳橋万八楼で行われた大酒会の一部始終を記した読売を買っていかないか」

「なんだ、読売屋か。値は何文だ」

「紙代版木代を合わせ、たったの四文といいたいところだが、ネタがネタだ。酔いどれ小籐次様の活躍を認《したた》めた読売は、功徳を加えた六文だ」

「高かべ」

「唐作爺さんよ、赤目小籐次の名を聞いたことはねえか」

「赤目なんだって」

「天下を沸かせた御鑓拝借の酔いどれ小籐次様のことだ」

「おお、おらはその名は承知だ。酒好きの剣術遣《やっとう》いだべ」

「その通りだ。その酔いどれ様が万八楼の大酒会で行司方を勤められたんだよ」

「酒好きが行司方か」

「おうさ、もはや酔いどれ小籐次は別格だ。三升入りの大杯の飲み比べなんて真似はなさらねえ」

「詰まらねえだな」

「爺さん、そう思うか」

一息入れた空蔵が、唐作との話に引き込まれて足を止めた客たちを見回し、

「酔いどれ小籐次様がゆくところ風雲急を告げるのは、もはや当たり前のことだ。こたびも事が起こった」

「なにがあっただ」

「それはこの読売に書いてある」

「ただでは講釈を聞かせないってか。そりゃ、人様の足を止めた上に刻を費やしてずるかんべ」

「おおー、ずるいと抜かしたな、唐作爺」

「こんどはさんを抜かしたな」

「とくと、聞きな。いいか、当日万八楼に選びに選ばれた酒豪は、女子も加えて六十と七人の豪傑ぞろいだ。それが三升の大杯を飲み進めるうちに一人減り二人減り、二刻半も過ぎたころには、七年前の大酒会に一斗九升を飲み切って勝ちを得た鯉屋利兵衛さんを始め、饗場雄太郎様、家村新五兵衛様、月形添蔵様、女衆のお恵さんとおふなさんの六人に絞られた。すでに九升を飲んだ兵《つわもの》揃いだ」

「女子が九升も飲んだか、ほら蔵さん、九合の誤りでなかべいか」

「いかにもほら蔵と呼ばれる空蔵だが、こいつばかりはほらは吹けねえ。正真正銘の九升だ。さらに半刻後には三升入り五杯を飲み干して残ったのはたったの二人になった。だれあろう鯉屋利兵衛さんと若い娘のお恵さんだ」

「ほうほう、娘っ子が一斗五升を飲んだってか、江戸のほらはどでかいだな。のう、九造」

と連れを唐作がふり見た。するとその周りの客たちが、

「ほら話じゃねえよ、爺さん。万八楼でその娘が一斗五升を飲んだのは確かな話だぜ」

「ほんとの話だよ」

口々に唐作に言った。

「なに、だれもが承知のことだか」

「ああ、そういうことだ」

と答えた職人風の男が、

「読売屋の空蔵さんよ、万八楼の大酒会の結末はだれもが承知のことなんだよ。その先が読売に書いてあるのかないのか、そこが肝心なところだぜ」

と文句を付けた。

「よう言うた。虎吉」

「だれが虎吉だ。おりゃ、雨もり長屋の猫八だ」

「おや、虎でなくて猫兄いか。むろんその先が肝心かなめの売りネタだ。一枚買ってくんねえ、猫八兄い」

「おりゃ、自慢じゃねえが読み書きができねえ。読んで聞かせろ、六文は払ってやるよ」

「読売は買わずに話を聞かせろといいなさるか。話をすれば読売を買う客はだれ一人としていめえ。だが、ここは江戸っ子のほら蔵だ。野州《やしゅう》例幣使街道犬伏宿から公事のために、華のお江戸にわざわざ出てきた唐作爺さんのために一席語ろうか」

空蔵がいったん喋《しゃべ》りを止めて気合いを入れようとしたところに、久慈屋の手代の国三が、

「空蔵さん、うちの大番頭さんが喉を潤して下さいとこれを」

と茶碗を差し出した。

「おお、助かった、国三さん」

と茶碗を受け取り、口に持っていった空蔵が、
うむ
という顔をして、

「手代さんよ、酔いどれ話というので酒かえ」

と尋ね返した。

「はい。お仕事に差し支えるようなればお茶に換えます」

「長年馴染みの久慈屋さんからの差し入れ、断わることができようか」

久慈屋の店の奥へ茶碗酒を差し上げて礼を述べた空蔵が、
きゅっ
と喉を鳴らして茶碗酒を飲み干し、国三に空の茶碗を戻した。

「万八楼の大酒会で残ったのは鯉屋利兵衛さんとお恵さんと話したな」

「ああ、聞いただ」

「野州の方、なにが起こったと思うな」

「おら、その場にいねえだ、知るわけがねえべ」

「まあそうだな。その場にいない者が物事のすべてを承知なら、読売屋は要らない道理だ」

と己に言い聞かせた空蔵が気合いを入れ直して、

「最後の勝負を前にお恵が行司方の赤目小籐次様に、『天下に名高き酔いどれ様、一杯だけお酒の飲み方をご指導下さいまし』と願ったんだ」

「ほうほう、で、酔いどれ様は飲んだだか」

「満座の前で娘からの頼みだ。赤目小籐次は受けざるを得なくなった。だがな、娘の申し出には魂胆が隠されていたんだよ」

「魂胆とはなんだべ」

「三升入りの黒塗りの大杯を小籐次様が、ぐびりぐびりと飲んでよ、あと三、四合ばかりの酒が底に残っていた。だからよ、小籐次様は大杯に顔が隠れて視界が閉ざされていたと思いねえな。その瞬間を狙ってお恵、酔いつぶれたと見せかけた仲間の饗場雄太郎、家村新五兵衛の二人と合わさり、懐剣や刀を振り翳して赤目小籐次様に斬りかかったんだよ」

「なに、酒を飲む酔いどれ様に斬り掛かったってか。そりゃ、野州のやくざ者もやらねえ卑怯な手だべ」

「全く卑怯極まる企てだ」

「酔いどれ様、斬られただな」

「御鑓拝借、小金井橋十三人斬りの勇者の赤目小籐次様がそんなやすやすとやられるわけもない。だがよ、その場にいたこの空蔵は、一瞬、『ああ、赤目小籐次一巻の終わり』と思ったぜ」

ここで再び話を止めた空蔵が、

「その先の話はこの読売に書いてある。さあさ、買ってくんな」

「空蔵さんよ、おりゃ、目に一丁字《いってぃじ》もない壁塗り職人だ。銭は払うからよ、もう少し講釈を聞かせてくんな」

と猫八が迫った。

「畜生、本日は商売上がったりだ。猫八め、読売屋を講釈師と間違えてやがる」

と罵《ののし》り声を上げた空蔵が酒の勢いも手伝い、

「いいか、芝口橋を往来の衆、とくと耳の穴をかっぽじって聞きなされ。赤目小籐次は大杯に視界を塞がれ、残りの酒を楽しもうとしているとき、腕に覚えの刺客三人が三本の刃で迫ってきた。

だがな、酔いどれ小籐次の真骨頂は酒を飲んでも飲まれないことだ。殺気を感じた瞬間、大杯を両脇から捧げ持つ若い衆を突き飛ばして刃を避けさせた上に、宙に浮いた大杯をさらに頭上にほうり上げると、膝にあった白扇で正面から突っ込んできたお恵の喉を突いて後ろに転がし、残る二人の剣術遣いに腰の小さ刀を抜いて構え、斬り掛かる二人相手に能楽師のゆるゆるとした舞が如くにそよりそよりと動いて、相手の刃を切り抜け、いつの間にか手にした大銚子と小さ刀で、二人の刺客を仕留めてしまったんだ」

「ほうほう、酔いどれ様はなかなかの兵だな」

「おうさ、息一つ乱さず、戦いの最中に残った大杯の酒も飲み干されたのだ。そしてな、こう申された。『赤目小籐次、酔い剣』とな」

「なに、小さ刀と大銚子で相手を退治した上に、『赤目小籐次、酔い剣』というただか」

「おう、おれは確かにこの呟きを聞いた」

「ふむふむ」

「この空蔵の眼の前でゆるゆると舞われた剣舞は、能楽師の動きのように静寂にして典雅なものだったな」

「ほら蔵さん、一枚おらに読売を売ってくれべ。在所の土産にするだ」

「そうこなくちゃ、唐作爺さん」

と空蔵が張り切った。

だが、買ったのは唐作だけで、他の客は黙したまま空蔵を見ていた。

「どうしたえ。赤目小籐次様の酔い剣の一部始終読まないのか」

「空蔵さん、なぜ赤目小籐次様は襲われたんだ。その三人の刺客は何者なんだ」

と芝口橋近くに住む長屋の隠居が聞いた。

「うむ、そこだ」

空蔵もこの読売の弱みは承知していた。

だが、あの万八楼の騒ぎは、町奉行所ではなく老中支配下の大目付の担当に決まり、なぜ大酒会が催され、なぜあの三人が出場者として参加が許され、そして、なぜ赤目小籐次が襲われる仕儀になったか、大目付からなにも話が聞き出せなかった。

空蔵は、

「小籐次に聞けばなにか教えてくれよう」

と考え、あの翌日、須崎村の望外川荘を訪ねると、なんと小籐次一家三人は、お夕の代参の付き添いですでに甲州路へと旅立ったというではないか。

なんとも納まりがつかない大酒会の結果だった。

「万八楼の大酒会からもう四日も経つぜ。おまえさんが語ったようなことはもう巷に流れている話だよ。野州から出てきた爺様には珍しくても、江戸に住む人間にはすでに耳にタコだ」

「それを言われるとつらい。お恵と称した娘は万八楼から逃げ出した。あとの二人は小籐次様が始末した。となるとなぜ三人が万八楼の大酒会に加わってまで赤目小籐次様をよ、殺《あや》めようとしたか、分らないんだ」

「そこのところが肝心かなめの読売の読ませどころじゃないのかえ」

「全くだ」

と空蔵が正直に応じると、

「第一よ、赤目小籐次様は研ぎ仕事を再開したというが、久慈屋の店先に姿は見えないな」

「それだ、隠居」

「どうした」

「事情を話すしかないか」

「事情があるならば話せ」

「旅に出ておられるんだよ」

空蔵は、大酒会の翌日、芝口新町は新兵衛長屋の元差配、新兵衛の代参で孫娘のお夕が甲州身延山久遠寺へ旅立ち、そのお夕に小籐次一家が付き添っていっていることを告げた。

「なに、酔いどれ様は江戸にいないのか」

「そういうことだ」

「つまらねえ。古いネタで今更商売しようたって、そうは問屋が卸《おろ》さないよ、ほら蔵さんよ」

「そう言いなさんな。旅先からさ、おりょう様が『身延山代参つれづれ草』を書いて送ってきなさるんだよ。その酔いどれ小籐次一行の道中の様子をうちの読売が載せることになっているんだ」

「ならば、そのとき、読売を買うよ」

「それがいいそれがいい」

芝口橋に足を止めていた大勢の男女が、さあっと散っていった。

そんな中に空蔵の言葉に足を止めた女がいたが、茫然自失した空蔵は、姿かたちを変えていたためにこの娘の存在を見逃していた。

空蔵は、売れ残った読売を手にしばし橋の上で立ち竦んでいた。

「読売屋の空蔵さん、おらがもう二枚ばかり買うでよ、元気を出すだよ」

「唐作爺さん、ありがとうよ。本日の商いはもう止めだ」

「商いも百姓の野良仕事といっしょだべ。いい年も悪い年もあるだよ」

「そういうことだ。この読売、江戸土産にな、好きなだけ持っていきな」

と片腕に掛けた読売を差し出すと、唐作が、

「いいだか、悪いだね。九造、売れねえ読売だが、厠でよ、尻ふきくらいには使えべえよ」

と空蔵の手から読売をすべて摑み取った。

「酔いどれ小籐次の酔い剣の記された読売は、野州で尻ふきか」

と力なく呟いた空蔵が、肩を落として芝口橋から久慈屋に入って行った。

「ご苦労でしたな」

帳場格子から観右衛門が慰めるように言い、上がり框にいた難波橋の秀次親分も、

「お互い赤目小籐次様がいなければ、にっちもさっちもいかないな」

と言葉を添えた。

「町奉行所の方からなにか新しい話はないのか、親分」

「こたびの一件、未だ終わっちゃいないよ」

「終わっちゃいないかね」

「赤目小籐次様がらみだ。身延山から帰ってくるのを待つしかないな」

秀次親分もお手上げという顔をし、

「寂しゅうございますな」

観右衛門が応じた。

「大番頭さん、最前新兵衛長屋を見て参りましたが、新兵衛さん、風邪が治ったせいか、元気よくお題目を唱えておいででした」

「勝五郎さんのいらいらした顔が目に浮かぶな」

と空蔵が言い、

「あと二十日もすれば元気に小籐次様方がこの江戸に戻ってこられますって」

と観右衛門が空蔵を慰めるように言い、

「大番頭さん、どこまで行かれましたかね」

と空蔵がまた話を元に引き戻した。

「韮崎《にらさき》あたりかね」

秀次が呟き、期せずしてその場にある三人が甲州路と思える方角を眺めた。

二

江戸の芝口橋を発って五日目の夕暮れのことだ。

小籐次ら身延山久遠寺代参の一行四人は、江戸から三十六里、幕府直属の勤番支配の甲府にある、富士井屋庄太郎方に投宿した。

甲府は柳沢藩主時代が享保九年（一七二四）三月十一日に終わって以来、幕府直轄領に変わっていた。いわゆる天領である。

一行は、急な旅立ちであったために一日平均して七里ほどを目指して、体を慣らしながら歩いてきた。

旅の当初は、そうではなかった。

お夕が頑張りをみせて駿太郎といっしょになって先頭を歩き、おりょうと小籐次の二人を引っ張っていった。

二月も下旬に差し掛かり、春うららの陽気が甲州街道に続いて気持ちのよい道中であった。

母親のお麻が用意した白衣《びゃくえ》に身を包んだお夕が一行の先頭に立って歩くのは、祖父の新兵衛のために小籐次一家がいっしょに旅をしてくれているという気持ちがあるためだ、と小籐次もおりょうも承知していた。

旅の二日目、多摩川を柴崎の舟渡しで越えたとき、小籐次がお夕に言葉をかけた。

「お夕ちゃん、駿太郎、少しのんびりとした歩きにせよ。おりょうが追いついていけぬぞ」

おりょうと駿太郎の名を出してお夕の頑張りを小籐次は諫《いさ》めた。

お麻が用意した白衣の背には、

「身延山久遠寺代参」

と父親の桂三郎が墨痕《ぼっこん》鮮やかに認めた文字があった。ために行きかう人も四人が身延山久遠寺に行くことが分かった。お夕は小籐次の言葉に、

はっとしたように気付いて、

「ご免なさい」

と詫びた。

「なにも詫びる要はない。旅に出れば辺りの景色を愛《め》で、往来する旅人や野良仕事をなさる百姓衆の働きを眺めながらいくのがだいご味じゃからな。おりょうの顔がもそっとゆっくりと言うておるわ」

と小籐次が答え、

「旅は始まったばかり、未だ足慣らしのときですよ」

とおりょうも小籐次の意を酌んで言い添えた。ために以後はゆったりとした歩きになった。

笹子峠《ささごとうげ》では、雪を被った霊峰富士山が迎えてくれた。

「わあっ、父上、富士山です。江戸で見るより大きいな」

駿太郎が叫び、お夕も言葉もないようで白い峰を眺めていた。

おりょうはそんなとき、持参した画帳にさらさらと絵を描き、言葉を添えていた。そんな旅が穏やかに続いた。

旅も五日目になり、甲府宿に到着して明日からは甲州街道を外れ、身延山道に入り、まずは鰍沢《かじかざわ》を目指すことになる。

天領の甲府富士井屋は、甲府でも大きな旅籠《はたご》だ。

四人で八畳間一部屋に泊まることになり、湯に浸かった小籐次らが部屋に戻ると膳が四つ用意されていた。

「おまえ様、旅にも慣れました。大酒会のお酒も体から消えておりましょう。今宵は一献《いっこん》頂戴しましょうか」

おりょうが小籐次のために誘いの言葉をかけた。

「そうじゃな、道中も順調、今宵は酒を頂戴しようか」

小籐次の言葉にお夕が、

「帳場に願ってきます」

と座敷を出ると駿太郎も従った。

「どうだな、身延山詣での徒然の文が江戸に送れそうか」

小籐次はおりょうが絵や言葉を旅の折々に記している光景を見ていたし、宿に着くとその画文を推敲《すいこう》している様子があるのを承知していた。

「明日出立前に、この宿に空蔵さんに宛てた文を託すつもりです」

「おや、旅に出ても筆は離せぬか」

「わが亭主どのに酒が付きもののように、筆は私の体の一部にございます」

とおりょうが笑った。そこへお夕と駿太郎がお盆に三本ほど燗をつけた酒を運んできた。

「赤目様、おりょう様」

小籐次とおりょうに盃を持たせたお夕がまず小籐次に注ぎ、ついでおりょうの盃も満たした。

「これ以上の接待もないな」

と小籐次が満面で微笑み、

「酔いどれ様がこの数日、酒も飲まずによう我慢なされました」

とおりょうが褒めた。

大酒会の騒ぎが旅先でも繰り返されるのではないかと、小籐次が案じて酒を止めていることを、おりょうは察していたのだ。だが、小籐次はおりょうの危惧についてなにも触れることはなかった。

燗酒を口に含んだ小籐次が、

「ああ、久しぶりの酒じゃ。家族に囲まれて旅の空の下で飲む酒は美味いぞ」

と満足げに笑った。

「父上、酒はそれほど美味いものですか」

「酒は美味い。旅先でこうして皆といっしょに飲む酒は、なんというても格別なのだ」

と答えた小籐次が、

「お夕ちゃん、そなたばかりが身延山代参ではないのだ」

と久しぶりの酒の酔いのせいか言い出した。

「どういうことですか」

お夕が小籐次を見た。

「皆には黙っておったが、それがし身延山久遠寺にいささか所縁《ゆかり》があるのだ」

「えっ、赤目様は身延山に詣でられたことがあるのですか」

お夕が驚きの言葉を発し、おりょうも駿太郎も小籐次の顔を見た。

驚かせたか、と苦笑いした小籐次が、

「お夕ちゃんが爺様の新兵衛さんの代参で身延山に行くように、わしも苦くも懐かしき思い出が身延山詣でにあるのだ」

「それはまたなんでございましょうな、おまえ様」

小籐次は盃の残った酒をゆっくりと飲み干した。

「今から三十有余年前、屋敷を抜け出しては悪さをしていた時分のことだ、この話、いつぞやも為したな」

「品川宿で若き日の小籐次様が大暴れしていたころの話ですね」

「おりょう、今考えても顔から火が出るような悪戯《いたずら》ばかりをして悦に入っておった」

「この前も話に出ましたが、信州松野藩主松平保雅様もお仲間にございましたな」

「その当時はまさか保雅様が譜代大名松野藩主の座に就くなど、われらもじゃが、ご当人も考えもしなかったであろう。保雅様は妾腹の上に正室の子である二人の兄がおった。ゆえに生涯部屋住みと覚悟しておったのであろう。われらの頭分になり、若様と呼ばれておった。ところが兄お二人が次々に亡くなり、保雅様がなんと六万石の大名になられた」

「何年前でしたか保雅様がお家騒動の折、御鑓拝借騒ぎで一躍天下に武名をとどろかした小籐次様に助けを求められたことがございましたね」

「そんなこともあったか。三十有余年ぶりに再会を果たした」

「ほんとうの話だったのですね」

駿太郎が夕餉を食しながら話を聞いていたが、箸を止めて糺した。どうやら過日、小籐次とおりょうが話していたことについて駿太郎は半信半疑だったようだ。

「真の話だ。だが、その頃は若様がまさかほんものの殿様になるなど考えもせなんだな。ただの悪さ仲間の一人にすぎなかったわ」

「おまえ様、話を私が逸《そ》らせてしまいました。そなた様が身延山久遠寺に詣でられた経緯《いきさつ》はどうなりました」

「そうであったな」

と思い出した小籐次におりょうが酒を注いでくれた。それをゆっくりと飲み干した小籐次が遠い昔を思い出すような眼差しで、

「駿太郎、この父も母の顔を知らぬと過日言うたな」

「はい」

と駿太郎が返事をした。

「わしを産んだ直後に産褥熱を発せられ、亡くなられたのだ」

座に短い沈黙があった。

いつの間にか、小籐次の盃に新たな酒が注がれていた。それを手にした小籐次

はわずかに口を潤すように飲んだ。

「わしは豊後国森藩一万二千五百石の下屋敷で物心ついた。ずっと下屋敷におる用人様や女衆が家族と思うて育ってきた。だが、いつの日か、皆の口に上るおさいという名の女衆が、わしの母親ということに気付くときがきた。しかしな、母がおらぬゆえに悪さに走ったのではない。ただ下屋敷で内職ばかりをしておる暮らしとは、別の世間が見たかったのであろう。品川宿を巻き込んだ大騒ぎのあと、われら仲間はちりぢりになり、六万石の殿様になった者もいれば、些細な諍いが因《もと》で喧嘩になり、死んだ者もいる」

「小籐次様が好きな娘もおられましたな」

「なに、おりょうにかよのことを話したか」

ふっふっふふ、とおりょうが笑った。

「酒はいかぬな。つい口が軽くなる」

と己を戒《いまし》める小籐次に、おりょうが徳利を差し出した。小籐次は手にした盃の酒を飲み、おりょうの酌を受けた。

「やはり真だったのでございますか」

駿太郎が小籐次に繰り返し糺した。

「嘘ではない、真の話だ」

「父上には母上の他にお好きな女《ひと》がおられたのですか」

「かよか、悪さ仲間の妹であった。ゆえに妹のような女子であった。おお、そうだ。わしの身延山行の話でなかったか。おりょうに唆されて、つい昔話があちらこちらに散らかった。品川の騒ぎが鎮まったころ、わが父の赤目伊蔵がわしを呼んで、いきなり明日旅立つというた。わしは、そうか豊後国森藩、国表に御用旅でもするのかと思ったものだ。だが、行き先が違った」

「身延山でございましたか」

「おりょう、そういうことだ」

「森藩は日蓮宗身延山久遠寺となんぞ関わりがございましたか」

「いや、森藩にあったのではない。母のおさいが身延山久遠寺の近く、鰍沢というところの出であったそうな。母がなぜ貧乏小名の森藩の下屋敷に奉公したか、どのようないわれで父と所帯を持ったか、知らぬ。だが、父は、わしが品川の騒ぎのあとも落ち着かぬゆえ、母の古里やら身延山を詣でて亡き母のことをわしに教えたかったのかもしれぬ。だが、父はわしと違って無口な男でな、口でいうより手が飛んできた。そんな父が初めて母のことを話したのが、その旅先であった」

おりょうも駿太郎もお夕も、黙って小籐次の話を聞いていた。

「身延山道に入っていたかと思う。明日は母の故郷の鰍沢に着くという前夜、大《おお》椚《くぬぎ》という邑《むら》の川沿いにある地蔵堂で一夜を過ごした折に、父が言い出した……」

「……小籐次、明日には母の故郷の鰍沢を訪ねる」

小籐次はそれまで母が江戸の生まれとばかり勝手に考えてきた。ゆえに問い返した。

「母は江戸の人ではないのですか」

「甲斐国身延山道の鰍沢が在所だ」

小籐次が初めて聞く母の話だった。

「そなたを産んで直ぐに亡くなったゆえ、そなたは母親の顔も知らぬ。おさいは亡くなる前にわしに何度か訴えた。故郷がもう一度見たい、小籐次を連れて身延山に詣でたいとな」

小籐次は火の気もない地蔵堂の中で震えながら父が話す言葉を聞いていた。

「……それが三十年以上も前の話だ。わしにとってただ一つ、母の面影を思い出すことが出来た旅であった。新兵衛さんがお題目を唱えておられたが、まさか若い折に父親に連れられて身延山参りに行かれたとは知らなかった。新兵衛さんの代参の話を聞かされたとき、わしもそうじゃ、亡き母を思い出す旅を為してもいいかなと思ったのだ。ゆえにこの旅は新兵衛さんの代参旅でもあるが、わしが、赤目小籐次が見たこともない母の面影を追い求める身延山詣でもあるのだ」

ふたたび座に沈黙が訪れた。

「よいお話にございます」

おりょうが言った。

「鰍沢にはおさい様の身内がおられますか」

「三十余年前、訪ねた折も父はただ鰍沢村を見下ろす山の上から、紙に包んだ母の遺髪を手に掲げて故郷を見せておっただけだ。おそらく母の一家は、鰍沢で食い詰めて江戸に出てきたのであろう。もはや母の身内がおるとは思えぬ」

小籐次の言葉に頷いたおりょうがさらに尋ねた。

「遺髪は身延山に納めて供養なされたのですね」

「父は、遺髪を久遠寺に納めて永代供養するような金子は持っておらなんだ。身延山でもわれらは本堂にお参りしただけだ。夜寝たのも寺の堂宇の軒下を借り受けたほどだ。だがな、帰り道、父はもはや母の遺髪を持っていなかった。考えるに、日蓮聖人の懐に抱かれて眠ることができるように、夜の内に遺髪を身延山のどこぞに埋めて、独り供養したつもりであろう」

「こたびの旅に大きな意味が出来ました。おさい様の供養を改めて久遠寺様に願いましょうか」

とおりょうが言った。

「そうしてくれるか」

小籐次の言葉におりょうが大きく頷いた。

「爺ちゃんの代わりに私が身延山というところに行くものとばかり思うていました」

「おタちゃん、これまで黙っておってすまぬことをした」

「いえ、赤目様が詫びられることではありません。私、なにかほっと安堵しました。なぜでしょうか」

とおタが応じた。

「父上」

「なんだ、駿太郎」

「こんどの旅は新兵衛さんのためだけではなく、私の祖母《ばば》様の故郷を訪ねる旅でもあるのですね」

「そうなったな」

「よい思い出になります」

駿太郎が言い切った。

「おまえ様、明日からは甲州街道を外れて身延山道に入るのですね」

とおりょうが聞いた。

「そうじゃ。この甲府から鰍沢まで身延山道に入り五里余、鰍沢から切石《きりいし》なる宿場まで二里半、さらに身延まで三里半ある」

おりょうは、小籐次がえらく江戸から身延山までの道程に詳しいことを想い出して得心した。

「一日で辿り着けましょうか」

「健脚の男なれば行けぬことはあるまい。じゃが舟渡しもいくつかあり、鰍沢には女改めの関所もある。まあ、二日と考えて歩けばよかろう」

「ならばお願いがございます」

「なんだな」

「明日、昼前に甲府を発って明晩は鰍沢泊まりに願えませぬか」

「一日半日を急ぐ旅ではなし、構わぬ」

小籐次は、おりょうが読売屋の空蔵に旅の徒然を描いた画文を飛脚屋から送る手続きをするのであろうと考えた。だが、違った。

翌朝、ゆっくりと小籐次が起きたとき、もはやおりょうも駿太郎もお夕も姿がなかった。

旅籠はひっそりとしていた。

階下に下りて囲炉裏端に行くと、小籐次の膳だけが残されてあった。

「今日は遅発ちじゃそうな」

と年増の女衆が小籐次の顔を見て言った。

「女房どのが飛脚便を江戸に出すゆえ、昼に発つことにした。鰍沢までの旅だ」

「身延山詣での道中じゃな」

「そういうことだ」

「ちと聞いていいか」

小籐次の顔をしげしげと見た女衆が念を押した。

「なんだ、女衆」

「あのおりょう様は真におまえさんの女房様か」

「いかぬか」

「言うては悪いが、おりょう様は若くて途方もない器量よしじゃ。反対におまえ様は」

「年寄り爺の上にもくず蟹を押しつぶしたような顔か」

「ふっふっふふ、ご当人も承知とみえる」

小籐次が遅い朝餉を独りで食していると、賑やかにおりょうたち三人が戻ってきた。

「飛脚屋の用事は済んだか」

「済みました」

「父上、本日より私どもも白衣を着て参ります」

駿太郎が手に抱えてきた包みを囲炉裏端で広げた。

三枚の白衣が出てきた。小籐次のものには、

「身延山久遠寺　亡母さい供養

赤目小籐次」

のおりょうの手になる文字が記されてあった。

女衆がその白衣の文字を見て、

「赤目小籐次、どこかで聞いた名じゃな」

と言うところに番頭が姿を見せて、

「なに、赤目小籐次様じゃと。天下に名高き赤目様か」

と小籐次の顔を改めて見た。

「番頭さん、言わずもがな。ご当人がもくず蟹を押しつぶした顔と承知してござるよ」

と女衆が言い、

「驚いたな、この爺様侍と所帯を持ったおりょう様の向う見ずによ」

と言い足した。

三

甲府の西青沼町から身延山道に入った白衣の一行は、下石田、清水新居《しみずあらい》、西条、押越《おしこし》、河東中島、布施、山之神などという集落を抜けて鰍沢を目指した。

甲府盆地から身延山道には桃の花が咲いて、白衣四人の一行を迎えてくれた。ちらちらと山の峰が望めたのは、標高六千尺余の櫛形山《くしがたやま》か。

山之神と浅原《あさばら》の間で釜無川を渡し船で渡った。

「甲斐の国に遅咲きの梅に桃の花が混じり合って咲き乱れ、爽快な気分にございます」

「旅に出てよかったな。生き神様の騒ぎを忘れる。やはり人であるほうが気分はなんぼか楽か」

春の陽射しが西に傾いて滝沢川を土橋で渡り、大椚を通過すると鰍沢は間もなくだ。

「おりょう、お夕ちゃん、足に肉刺《まめ》はできておらぬか」

小籐次が二人の女の足を案じたが、二人して顔を横に振り、駿太郎が、

「母上、歩みを緩めましょうか」

と尋ねた。

「駿太郎、母は大丈夫ですよ。このまま身延山まで歩き通せるほどです」

「父上の母様の在所の鰍沢を訪ねます。それはなりませぬ」

駿太郎がおりょうに言い、七つ（午後四時）過ぎ、鰍沢が見えてきた。

身延山道の中では鰍沢は大きな宿場だ、と小籐次は記憶していた。だが、鰍沢に入ってみると、なにか印象が違った。

御米蔵も旅籠もどれもが新しい。

小籐次の記憶とだいぶ異なっていた。

もっとも父親と小籐次の旅の大半は日が落ちてから塒を求める道中で、旅籠に泊まることなどなかった。寺の回廊下やら地蔵堂を借り受けての道中であった。ゆえに、鰍沢の旅籠がかような木の香が漂うほど新しかったかどうか定かでなかった。

茫々三十年余の歳月が小籐次の頭に横たわっていた。

女衆の誘いに引かれるように、千歳屋《ちとせ》友右衛門方に小籐次らは投宿した。

「身延山久遠寺詣でのご家族ですか。ご奇特なことでございます」

と番頭が迎え、

「女衆に濯ぎ水を出させてもようございますが、宿の裏に小川が流れております。草鞋《わらじ》を脱がれて足を流れに浸されませんか。富士川を眺められて気持ちがいいですよ」

と言った。

「小川がな、それはよい」

四人して石が積まれた足洗いに腰を下ろして草鞋を脱ぎ、冷たい清水に火照《ほて》った足を浸すとなんとも気持ちがよかった。

「おまえ様、鰍沢は大きな宿場でしたね。私はもっと鄙びた土地かと思っておりました」

おりょうが流れに白い足を浸しながら小籐次に言った。

「父と詣でた折の聞き覚えゆえ間違いがあるかも知れぬ。そのつもりで聞いてくれ」

「はい」

「われらが通ってきた甲府盆地を抜けてきた釜無川と笛吹川がこの鰍沢で合流し、番頭どのがいうたように富士川と名を変える。ほれ、あれだ」

小籐次が眼前の富士川を指さした。

「父上、釜無川を船で渡りましたが名が変わったのですか」

「二つの川が合わさって富士川と変わったが、名にしおう急流だ」

「ゆったりと流れているように見えます」

とおりょうが答えた。

「おりょう、甲府盆地からこの鰍沢くらいまではゆったりとした流れじゃが、この下流に行くと流れに山が迫り、川の幅が狭くなるで早い流れとなる。それをな、幕府の命により角倉了以《すみのくらりょうい》様が甲府から駿河への川の開削《かいさく》を行われた。そして、富士川の処々方々に河岸を造られ、諏訪藩、松本藩、高遠藩を始め、甲府など天領の年貢米を鰍沢河岸に集めて、富士川沿いに駿河の岩淵河岸まで一気に送られる。帰りには塩や魚を積んで船を引きながら戻ってくるのだ。これを『下げ米　上げ塩』と呼ぶ。富士川舟運のお蔭で鰍沢河岸は年貢米を始め、物が集まる土地になった。また鰍沢が栄えた理由のもう一つは甲州金がこの地から採れたことだ」

小籐次が三人の連れに話をしていると、番頭と女衆が下駄を持ってきて、

「旦那様は鰍沢一円について詳しゅうございますな」

と話しかけた。

「三十有余年前、父の供でな、この鰍沢と身延山に詣でたことがあった。その折のうろ覚えに過ぎぬ。間違いがあれば正してくれぬか」

「なに、三十年前にも鰍沢に泊まられましたか。どちらの旅籠にございましたか」

「番頭どの、父は、貧乏小名の奉公人で十分に路銀とて持ち合わせなき旅であった。かような新しい普請《ふしん》の旅籠に泊まれるものか。よう覚えておらぬが、信玄公に所縁があるという寺の軒下を借りたような気がする」

そうでしたか、と番頭が四人に下駄を渡すと、

「旦那様の記憶は正しゅうございますよ。変わったのはこの鰍沢にございます」

と番頭が暗い顔をした。

「今も舟運は、賑やかなように見受けられたがな、なにがこの郷にあったのだ」

「三年前の文政四年正月の十六日にどこからともなく出火しましてな、風にあおられて瞬く間に火が燃え広がり、年貢米を一時納める御米蔵、役人衆の御詰所を始め、鰍沢の民家七十七軒が燃える大火に見舞われたのでございますよ。うちも焼失致しましたがな、昨年ようやく建て直すことが出来たのです。ですが、多くの旅籠が未だ再建なっておりませぬ」

「なんと、さような奇禍に見舞われたか。鰍沢の郷そのものが新しい普請になったと思うたが、そのようなわけがあったか」

「この鰍沢文政大火でな、鰍沢は未だ往時の威勢を取り戻せないのでございますよ」

「父といっしょに山の上から見た鰍沢とただ今の鰍沢の様子が違って不思議はないか」

「ございません。なにしろ鰍沢は平坦な土地があまりございませんでな、いったん火が出ると河岸まで一気に燃え広がります」

と番頭が嘆き、

「旦那様方は、身延山詣でのついでに鰍沢に立ち寄られたのでございますか」

と念を押した。

「番頭どのはこの土地の生まれか」

「はい、この土地生まれです。一時甲府に出て奉公しておりましたが火事の後、こちらに戻ってきました。それがなにか」

「三十有余年前、この地を訪ねたには理由があった。わが母がこの地の出であったそうな。母はわしを産んだ直後に身罷ったゆえ、母の口から鰍沢のことを聞いたことはない。無口な父がわしを旅に連れ出し、鰍沢に立ち寄り、さらに身延山に参ったのは、母の遺髪を故郷に戻すためであった」

「なんと旦那様のおっ母様がこの鰍沢の出でしたか。名前は何と申されますか」

「おさい、というたが父も母の在所が鰍沢というだけで詳しくは知らなんだ。ゆえにその折も山の上からこの郷を見下ろしただけであった」

「旦那様、明朝までに鰍沢の寺の住職に聞いておきます。もしや住職が承知かも知れませんでな」

「母が生きておれば古希をいくつか越えていよう。寺に長老がおられるか」

「日蓮宗の久遠寺に関わりのある寺が、この鰍沢に一寺だけございます。親父様と久遠寺に参られたのなら、この鰍沢でも日蓮宗の寺にございましょう」

と番頭が言い、小籐次は頷いて願った。

四人は足を手拭いで拭って下駄に履き替え、旅籠に入った。

こちらでも幸運なことに相部屋ではなく、一つの座敷で四人が泊まることになった。

湯に浸かり、囲炉裏端に集まって賑やかな夕餉になった。

泊まり客は大半が身延山詣での講中の者たちで、小籐次らが囲炉裏端に席を取ると、講中の先達《せんだつ》が小籐次の顔をしげしげとみて、

「おや、赤目小籐次様ではございませんか」

と言い出した。

「江戸のお方か」

「はい。連れは歌人のおりょう様ですな」

「なんとも世間は狭いな。そなたらも身延山参りか」

「昨日身延山の門前町に泊まり、江戸への戻り道にございますよ」

と言った先達が徳利を持ってきて、小籐次とおりょうに盃を持たせて酒を注いだ。

「身延山の戻りに酔いどれ小籐次様に会うなんて、早速ご利益があったかもしれませんな」

と言うと自分の席に戻って行った。

「ただの爺侍と会うたからというて、なんの功徳があるものか。用心して江戸に帰りなされよ」

和気あいあいと酒の注ぎ合いをし、囲炉裏の自在鉤《じざいかぎ》に掛けられた甲斐の名物、ほうとう鍋を大勢で賑やかに食する夕餉になった。

「お夕ちゃん、明日には新兵衛さんの訪ねたかった身延山に着くぞ」

「成田山の旅も遠いと思ったけど、こんどの道中の方が大変ね。でも、その分、長く続いて毎日が楽しみよ」

とお夕が駿太郎に応じた。

「成田山の道中より甲州路は、山また山の旅ゆえ難儀であろう。だが、それだけ新兵衛さんが喜ぼう」

「赤目様、もう爺ちゃんは私たちが身延山に詣でることだって分っておりません。ただおっ母さんに手をかけさせておるのではないでしょうか」

「新兵衛さんのことは、桂三郎さん、お麻さんに長屋の連中が世話をしていよう、案ずるな」

「はい」

「確かにお夕ちゃんが身延山代参の旅をしていることに新兵衛さんは気付いておられぬかもしれぬ。だがな、この旅を無事に勤め上げれば、われらの眼には見えぬ仏様が新兵衛さんになにかを訴えて、気持ちを安らかにしてくれるのではなかろうか」

　小籐次の言葉にお夕は黙っていた。

「得心できぬか。ならばこういえばよいか」

　としばし小籐次が考えをまとめ言い出した。

「三十余年前に父がわしに伝えたかった気持ちが、この歳になって分る気がしたのだ。駿太郎もわしも母の顔を知らぬが、こたびの旅でわしは母の温もりを感じるようになった。そのことだけでもわしは満足じゃ。こたびの身延山詣では、お夕ちゃんとこの小籐次が、なにか新たなことを経験する旅じゃと思えばよい」

「おまえ様、このおりょうにも同じことが言えます」

「そうか、そうだな」

「駿太郎には格別な旅になるような気がします」

「母上、私に格別な旅とはどういうことですか」

「駿太郎、そなたと赤目小籐次とこの私とは、血の繋がりがございません。血の繋がらない私ども三人が真の親子になるための旅だと思えませんか」

おりょうは旅に出て感じていたことを口にした。

「世間では親子というもの、まず血の繋がりを大事になされます、それはそれで宜しゅうございます。ですが、真の親子になるために普段の暮らしや、時にかような旅を為して、どれだけいっしょに胸に秘めた話をし、難儀を乗り越えるか。そんな積み重ねが真の親子の情を作り上げるとは思いませんか。母を知らずして生きて来られた赤目小籐次というお方が、五十年後の身延山久遠寺代参で母を感じられたとしたら、これ以上の功徳はありますまい」

「おりょう様、お夕にこんどの代参の役目が少しだけ分ったような気がします」

とお夕が答えた。

「身延山に詣でられる方々が千人おられれば、千の悩みや苦しみを抱いておられることになる。そして、お参りしたあとは、講中の方々のようにすっきりとした顔でまた普段の暮らしに戻られるのだ。それが神仏の功徳であろう」

小籐次の言葉におりょうが頷いた。

翌朝早く小籐次一行は、番頭の案内で鰍沢の西の外れにある山寺に、鰍沢の住職では最長老という徳願和尚を訪ねた。

客が江戸で名高い赤目小籐次と、江戸の講中の先達に教えられた千歳屋の主、友右衛門が、

「おまえさんが徳願和尚のもとへ案内しなされ」

と番頭に命じて、四人して半里ばかり離れた山奥にある寺を訪ねることにしたのだ。

山道を登っていくと鰍沢の家並みが見え、さらに笛吹川と釜無川が合流して富士川へと名を変える雄大な風景が望めた。そして桃の花が景色に彩《いろど》りを添えていた。

日蓮宗八雲山妙蓮寺は、そんな緑の中にある鰍沢の家並みと富士川の流れと山並みを一望する山の斜面にあった。

徳願和尚は歯が抜けた白髭の老人だった。

番頭の紹介で小籐次が名乗り、事情を述べると、歯のない口をもぐもぐさせて何事か考えていたが、

「おさいさんだけではなにも分らぬ」

と言った。

小籐次には予測されたことだった。

小籐次を産んだおさいがいつ鰍沢を出たのか、伊蔵は承知していなかった。仮に二十歳でおさいが小籐次を産んだとして、小籐次の年齢から考えて七十余年前に鰍沢で生まれたのか。

三十余年前の道中の帰路、伊蔵に、

「母は鰍沢の生まれか、それとも両親が江戸に出てきて母が生まれたのか」

と尋ねると、

「知らん」

と一言だけ答え、

「さいは、鰍沢のことをうろ覚えにしか知らぬ」

と言い足した。

そのことを和尚に言うと、

「うろ覚えというと四、五歳か。六十五年前というと、この界隈が富士川の洪水やら飢饉《ききん》に見舞われ、逃散《ちょうさん》する百姓や杣人《そまびと》が多く出た時代よ」

と呟くように言い、

「遺髪を久遠寺の境内のどこぞに埋めたというたな、ならば久遠寺で供養をしてもらうがよい。三年前の火事で鰍沢の過去帳はすべて灰になった。まずおさいの名だけでは、身内を探し当てるのは難しかろう」

ともぐもぐとした言葉ながら整然と説明してくれた。そして、親切にも久遠寺の知り合いという僧侶日恩に宛てた書状を認めてくれた。日恩は日蓮を身延に招いた波木井《はきい》郷の地頭南部実長《さねなが》の子孫だという。

小籐次は紹介状を有難く頂戴した。

山寺の廊下から鰍沢の景色を眺めながら茶を馳走になって、番頭とともに小籐次らは山を下った。

「赤目様、お役に立ちませんでしたな」

「いや、番頭どの、十分に役に立ちました」

「おや、そうでしたか」

「母のおさいのことはなにも分りませんでしたがな、父の伊蔵と旅をした三十余年前のあれこれを思い出し、懐かしく感じましたでな」

「それはなによりでした」

「考えてみれば貧乏小名の下屋敷の奉公人親子が旅に出るなど、許しを得るのに難儀をしたことでござろう。父は路銀の蓄《たくわ》えもなく、ようもそれがしを身延山まで連れ出してくれたと感謝の念が生じてきました」

小籐次は正直に胸の中を吐露した。

「鰍沢河岸から身延まで早船に乗られますか」

「いや、まだ刻限も早い。六里余りならばゆっくりと歩きながら参ろうかと思う」

千歳屋の番頭と御詰所の前で別れ、小籐次一行四人は、二里半先の切石宿へと向った。

刻限は四つ（午前十時）前だ。

直ぐに鰍沢の関所に差し掛かった。

この関所、女改めで男は素通りできた。

おりょうもお夕もちゃんとした手形を有していたし、なにより身延山久遠寺詣でである。形式ばかり調べられた。それでも小籐次らからは別にされての、

「女改め」

であった。

しばしの間、小籐次と駿太郎は、関所の傍らで待つことになった。

そんな関所役人の一人が小籐次の白衣の背中を見て、

「貴殿が江戸で名高き酔いどれ小籐次どのにござるか」

と尋ねた。

「いかにもさような名で呼ばれることもござる。久遠寺詣でにて浮世から離れたつもりじゃが、奇妙な名がどこまでも追いかけてくるな」

と嘆息した。

「赤目どの、そなた、別行する仲間がおられるか」

と別の関所役人が問うた。

「ただ今改められておる女子二人がわしの連れだが、他にはござらぬ」

「それはおかしい」

と関所役人が答えた。

「おかしいとはどういうことかな」

「いや、今朝早く見目麗しい女子が、赤目小籐次様ご一行がこの関所を通ったか

どうかと、尋ねたのだ」

「ほう、覚えはないな」

と答えながら、

(なにやら旅が慌ただしくなった)

という予感を持った。

「その女子も当然女改めを受けたであろうな」

「むろんのこと。女子は幕閣の名が記された手形を持参しておった」

とだけ関所役人が答えた。

「ほうほう」

と小籐次は答え、駿太郎に、

「このこと、母上とお夕ちゃんに言うてはならぬ。心配するでな」

と口止めした。

四

江戸にも桜の花が彩りを添える本格的な春が到来していた。

芝口橋下を流れる御堀の水面《みなも》にも、早咲きの緋寒桜の花びらが混じるようになっていた。

そんな日の昼下がり、ふらりと読売屋の空蔵が久慈屋の店に入ってきた。

「大番頭さん、酔いどれ様ご一行から文は届いてないかえ」

「こちらにはございませんな。来るとしたらおりょう様からそなたの読売屋に、なんでしたかな、『身延山代参つれづれ草』でしたかな、そんな文が届くはずでしょうが。うちには来ませんよ」

観右衛門が寂しげな表情で投げやりに言った。

「いや、おりょう様が文を飛脚に託するとしたら、こちらだ。しがない読売屋より芝口橋際の紙問屋の久慈屋さんのほうが江戸で知られているからな、間違いっこないや。こちらだと思うがな、来てないか」

こちらもがっかりした顔で店の上がり框に腰を下ろした。

「うちでしょうかな。ともかく今日辺りにはもはや身延山に入っておられましょう」

「大番頭さん、旅慣れない女衆二人連れだよ、未だ道中と思うがな」

と空蔵が答え、観右衛門が、

「空蔵さん、身延山道の別名を承知ですかな」

と質した。

「なにか異名があるのか」

「甲府盆地を流れる川をいくつも集めた富士川が流れる先は駿河灘ですよ。つまり富士川沿いの街道は、甲州と駿河を結ぶ道ゆえ駿河街道とも呼ばれるそうです」

「駿河街道ね、それがどうした」

「この富士川では昔から舟運が盛んでね、韮崎辺りから一気に身延山まで下ることができる。ならば女の足でも、あっと言う間に身延山に到着しましょうが」

「ふうーん、その船は乗合船か。年貢米なんぞを運ぶ荷船じゃないのか」

「うん、そこまでは調べてございません」

観右衛門が空蔵の突っ込みにちょっぴり悔しげに答えた。

「ともかくよ、もうそろそろ一通目の文が届いてもいいじゃないか」

「そうですね」

二人がせんのない会話を繰り返すところに、難波橋の秀次親分が姿を見せた。

「大番頭さんと空蔵さんの顔付きじゃ、未だ旅の人から便りはねえな」

「ないんだよ。まさか親分のところに飛脚が届いたということはないよな」

「空蔵さん、それはない」

「やっぱりないか」

空蔵がいよいよ元気をなくしたとき、秀次が言い出した。

「過日の万八楼の大酒会の催しだがな」

「親分、ありゃ、もう古びた茄子《なす》だ。読売のネタとしては使えないや」

「そうかねえ」

と秀次が空蔵の隣りに腰を下ろし、

「古びた茄子か」

と呟いた。

「親分、なんぞ大酒会の続報があるのか。ならば聞かせてくれないか」

「古びた茄子なんぞと言い切る読売屋に話す義理はないな」

空蔵が俄然張り切って秀次ににじり寄り、

「親分、なんでもいいや、小ネタでも干天に慈雨だ。書く話がないんだよ」

と哀願した。

「大酒会で騒ぎがあったな」

秀次が話を元に戻した。

「酔いどれ小籐次様に斬り掛かった男女がいた話だな。あれならばもうおれが目撃談を書いたぜ」

「大酒会の最後まで飲み残った女子がいたな」

空蔵のノリの悪さに負けずに秀次は大酒会に拘《こだわ》った。

「最初によ、酔いどれ小籐次様に懐剣振り翳して斬り掛かったが、さすがに赤目小籐次様だ。手にした白扇で喉を突いてよ、後ろに突き飛ばした。それにしても、あの女だけ上手に逃げやがったな」

「その娘のことだ」

「なんぞ酔いどれ様と曰くがあるのか」

「新兵衛さんが神隠しに遭った最中、お夕ちゃんと駿太郎さんが雑賀衆の阿波津《あわづ》光太夫なる者に率いられた一統に攫われたことがあったな」

「あの騒ぎも中途半端に終わったな。なにしろ頭分の阿波津なんとかは別にして、酔いどれ様が阿波津の娘のこひなる女子とおよその一族は始末した。だがよ、肝心かなめの頭分阿波津は、酔いどれ様の投げた次直に左腕を柱に縫い付けられたが、なんと腕を引きちぎって逃げやがった」

「そう、おまえさんが読売に見て来たように書いたな」

「ああ、およそ推量で書いた。酔いどれ様から少しばかり聞きだしたからな、全くの嘘じゃあるまい」

空蔵が居直った。

「まあな」

雑賀衆の阿波津光太夫とその一族は、将軍家斉《いえなり》の影御用を勤めていた。だが、家斉の勘気を蒙り、影御用の職から追われた。そこで、阿波津光太夫は一族とともに公儀に返り咲くことを夢見て、金をまず集めることを策した。そして目を付けたのが成田不動尊の出開帳《でがいちょう》だ。

総頭取を勤める三河蔦屋《つたや》染左衛門《そめざえもん》からその実権を奪い、莫大な出開帳の上がりを返り咲きのために使おうと考えた。だが、三河蔦屋の十三代目には赤目小籐次が後見方《こうけんがた》として従っていた。そこで小籐次を身動きつかないようにするためにお夕と駿太郎を攫ったのだ。

これら一連の騒ぎを秀次も空蔵もおぼろげに承知していた。だが、頭目の阿波津光太夫を逃したことで、この騒ぎは全面的に解決を見ることなく真相は未だ闇に隠されたままだった。

「赤目様が始末した雑賀衆女忍び阿波津こひに妹がいたことを、空蔵さん、承知かえ」

うむ、と腕組みして考えた空蔵が、

「大酒会で騒ぎを起こした細身の美形はよ、雑賀衆のなんとかいう頭目の関わりの娘か」

「どうやらそうらしい。つまりこひの妹だ」

この話を突き止めたのは、老中青山忠裕の密偵中田新八とおしんだ。

その二人が秀次に、阿波津光太夫と残党の始末を為すために老中青山忠裕が動くことを耳打ちしたのだ。

「それで大酒会の場で、酔いどれ小籐次を油断させて殺そうと企てたのか」

「そういうことだ」

「いよいよ雑賀衆阿波津光太夫一統は、赤目小籐次憎しの妄念を掻き立てているのか」

「阿波津光太夫は、赤目小籐次様相手の度重なるしくじりで大きな恨みを持っておる。娘のこひと一族を殺され、自らも左腕を失くす仕儀に至ったからな。そして、大酒会の場でも失態を繰り返した」

秀次はそういうと腰の煙草《たばこ》入れから煙管を抜いた。そんな動きを見ていた空蔵が、

「親分は、雑賀衆の阿波津親子と一統が、赤目小籐次一行の身延山代参に従っていると考えているのか」

「それを案ずる人もおられる」

「その人が親分にただ今の一件を告げたのか」

空蔵の問いに秀次が、こくりと頷いた。

秀次に告げたのはむろん、老中青山忠裕の意を受けてのことだ。

家斉の勘気を蒙り影御用から外されたにも拘わらず、取り上げられた拝領屋敷の地下に闇の隠れ家を設けて、暗躍しようとした雑賀衆阿波津光太夫芳直とその一統を殲滅《せんめつ》するのは、家斉の強い命だった。

新八とおしんは、江戸での阿波津一族の居場所を失くすために、読売で万八楼

の大酒会の騒ぎの真相を世間に知らせようと企てていた。二人の密偵が秀次に曖昧なかたちでしか告げなかったのは、未だ阿波津光太夫の背後には、幕閣に連なる庇護者がいると考えられているからだ。

「畜生、江戸で事が起こってくれなければ、こっちはお手上げだよ。その上、おりょう様から文が届かない。まさか雑賀衆の輩に赤目小籐次一行が殺《や》られたってことはないよな、親分」

「それはなかろう」

「ないよな。あの酔いどれ爺さん、なかなかの古兵だもんな」

「わっしが話したことをおまえさんの読売でうまいことでっち上げられないか」

「大仰に書くのもよ、確かな裏付けがあっての読売だ。又聞きでよ、見もしないものを書けるわけもないや」

「どうですよ、空蔵さん、身延山道に走っては」

「大番頭さん、冗談は言いっこなしだ。自慢じゃないがこの空蔵、箱根の山の向うは知らないんだ。どうやって身延山道に行くんだよ」

「箱根の山と身延山道は方角が違わないかえ、空蔵さんよ」

「親分、それくらいおれは在所のことは知らないんだよ」

と空蔵が胸を張ったが、

「あーあ、おりょう様が文を寄越さないかね」

と大きな声で嘆いた。それでも空蔵の頭には、秀次が伝えたことと大酒会でのお恵の姿が浮かんでいた。


鰍沢河岸から駿河国の東海道岩淵河岸まで富士川の舟運を使い、十八里を一気に下る早船が出ていた。

だが、小籐次らは千歳屋の番頭に言ったように、江戸からの最後の六里を足で歩いていくことにした。それが身延山久遠寺代参に相応しいと思ったからだ。

まずは二里半先の切石宿を目指すことになる。

川幅が狭くなり急流と化した富士川沿いに身延山道を歩いていくと、対岸に薄紅色の桜がちらほらと見えてきた。

甲府盆地の桃から富士川沿いの桜へと彩りが移っていくのが分った。

「おりょう様、船に乗らなくて良かったです」

お夕が急流を矢のように下る早船を見て、身を震わせた。

「ああー、飛沫が白く上がっておるぞ。父上、早船に乗ってみたいものです」

と駿太郎が言い、

「駿太郎、母とお夕ちゃんは徒歩《かち》で参りますからね。父上とお乗りなさい」

とおりょうに言われると、

「母上、断然楽だし、川の流れから見る身延山道の景色もきっと美しいですよ」

と答えたが、女二人は急流を行く船には興味を示さなかった。

箱原、西島と集落を過ぎて、切石宿に着いたとき、八つの頃合いであった。

「残りは三里半か。この地でなんぞ腹に詰めておこうか」

との小籐次の言葉に一行は、一軒の茶店でほうとうを食すことにした。

「父上、甲斐国ではどこへ行ってもほうとうばかりですね」

「名物じゃからな。わが国表の豊後にもほうちょうというて、小麦粉をこねて棒で平たくのばして一寸ほどに切り、味噌汁に入れて食する食いものがあると父に聞いたことがある。甲州のほうとうは長いうどんに有り合わせの野菜を入れて味噌汁で啜《すす》る。この地の者にとっては馳走じゃそうな」

「いえ、駿太郎は嫌いではありません。江戸ほど飯粒を食べないなと思っただけです」

「駿太郎、年貢米は大半が江戸に運ばれる。江戸の者は米が当たり前に食えると思うておるが、在所では年に数度しか口にできぬものなのだ」

小籐次は、そう答えながらなにやら身にまとわりつくような見張りの眼を意識していた。

鰍沢の関所役人から聞いた女子か、小籐次は、

（どうやら大酒会の騒ぎとこの監視の眼はつながっておるな）

と思った。

ほうとうを食した一行は、ふたたび身延山道を次なる郷の下山宿を目指す。

およそ二里半だが、飯富と下山の手前で富士川に流れ込む支流の一つ、早川を渡るために船渡しがあった。

暮六つ（午後六時）までになんとか身延東谷の宿坊に辿りつくことができるか。

富士川の西の山並みに沈む日と競い合う、最後の道中になった。

「父上、ぶら提灯《ぢょうちん》を用意しておきましょうか」

「それがよいかもしれぬな」

駿太郎が背に負うた道中嚢《どうちゅうぶくろ》から提灯を取り出した。

早川の船渡しの手前辺りで急に薄暗くなった。

「おい、最後の渡しじゃぞ」

船頭の呼ぶ声に四人は早川の河原に急いで下りた。

小籐次がおりょうの手を引き、駿太郎がお夕と手をつなぎ、片手にぶら提灯を持って走った。

「身延山に代参か、一家で感心なことだ」

と船頭が迎えて、船が早川の早い流れを斜めに横切って向う岸に着けた。

店仕舞いをする河原の茶店で火を貰い、ぶら提灯を灯しての旅になった。

「おりょう、お夕ちゃん、次なる下山の郷を過ぎれば残りは一里、身延山久遠寺詣での宿房に着くでな。もうしばらくの辛抱じゃぞ。明日には新兵衛さんの代参を済ますことが出来よう」

「新兵衛さんの代参だけではございませんよ。おまえ様の母御のおさい様と親父様の伊蔵様の供養も兼ねた身延山詣でです」

「おお、そうじゃったな」

下山を過ぎたとき、身延山道が暗くなり往来する旅人も講中の信徒も見かけなくなった。

駿太郎が下げたぶら提灯が身延山道に点るただ一つの灯りになった。周囲は漆黒の闇で、富士川の瀬音が四人の耳に響いてきた。

「父上」

駿太郎が呼びかけ、腰の脇差長曾禰虎徹の鯉口《こいぐち》を切った。切石宿から前後を何者かが囲み、闇に隠れて従ってきた。

「駿太郎、どうしました」

「母上、ご安心下さい。暗くなったので用心のためです」

駿太郎が落ち着いた声で応じた。

「駿太郎さん、なにかあったの」

とお夕も聞いた。

「案ずるな、われらに関心を持つご仁がおるということだ」

「おや、まあ。どなたにございましょう」

おりょうの声は平然としていた。

主は天下無双の酔いどれ小籐次だ。小籐次の傍におれば騒ぎが起きるのは日常茶飯事のことだった。

「われらには馴染みのご仁よ」

と答えた小籐次が、

「どうだ。新兵衛さんを真似て、お題目を唱えながらいかぬか」

と三人に言い掛けた。

「夜旅にお題目を唱えていけば、悪さを企てておる輩も退散致しましょう。また元気が蘇りましょう」

「おお、この地は日蓮聖人ゆかりの地にして永久《とわ》の眠りに就いておられるところだ。お題目の霊験《れいげん》あらたかであろう」

と答えた小籐次が、

「南無妙法蓮華経」

と唱え、三人が和した。

このお題目を繰り返し唱え続けることを、

「唱題」

という。

江戸からの最後の夜道にお題目を唱えながら歩き続けた。

おタは、祖父の新兵衛が正気を取り戻すことを胸に念じながら七字を唱えた。

そして今一つ、おタはこんどの旅で奉公に出る先を必ず決しようと心に誓っていた。その迷いを振り切る旅でもあると考えていた。

駿太郎は、前後の闇に溶け込んで四人を見張る「眼」の動きに気を配りながら唱題した。

おりょうは、新兵衛のことやこの旅で小籐次から聞かされた伊蔵やおさいのことに想いを致しながら、ひたすら三人の声に合わせて唱題した。

小籐次は、伊蔵との三十数年前の身延山道中を思い出しながら三人に和した。

前後を見張る輩が闇を利して襲いくるならば、迎え討つまでだ。

最後の一里余を半刻かけて歩き通した。

波木井郷の灯りが見えてきた。

見張りの面々が迷ったか、一瞬行動しようとしたが、だれかが止めた。

小籐次は、波木井から身延山久遠寺の総門に向って道を進んだ。三十数年前の記憶が小籐次を歩かせていた。

あの折は久遠寺の堂宇の軒下に一夜の眠りを願った。

こたびは久遠寺の門前町東谷の講中宿の一軒、大林坊《だいりんぼう》の玄関に立ち、

「宿を願えぬか」

と呼ばわった。すると奥から女衆が姿を見せ、四人の白衣を見て、

「よう御参りにお出でなされました」

と出迎えてくれた。

第五章　身延のしだれ桜

一

　翌朝、小籐次らは宿坊に願い、格別に朝湯を沸かしてもらった。四人は交替で湯に浸かり旅塵を洗い流して身を清め、江戸から持参した新しい下着に替えて身延山久遠寺詣での斎戒沐浴とした。

　朝餉には粥《かゆ》を頂戴し、新しい草鞋に履き替えて気持ちを新たにした。

「世話になった」

　小籐次が大林坊の奉公人に挨拶すると合掌して見送ってくれた。

　四人はせせらぎの音が響く坂道の参道に立った。

　おりょうとお夕の二人の手には宿坊から借り受けた杖があった。

朝靄《あさもや》が門前町東谷を覆っていた。

指呼《しこ》の間《かん》の久遠寺に向って小籐次らは歩き出した。するとお夕の口から、

「爺ちゃん、身延に来たよ」

と話しかける言葉が漏れて、

「南無妙法蓮華経」

のお題目が口をついた。

気持ちも新たに小籐次ら三人もお夕に唱和した。

一行は参道を唱題しながらゆっくりと歩を進めた。

朝靄の中から茶色の犬が姿を見せて、お夕に寄り添って案内するように歩き出した。

「新兵衛爺ちゃんの身代わりだ」

駿太郎が呟いた。

門前町の坂道が鉤の手に曲ると、四人の行く手に総門が姿を現した。

薄い靄に包まれた総門は、二十八世日奠《にちでん》上人によって建立《こんりゅう》され、三十六世日潮上人が筆を揮った、

「開会《かいえ》関《かん》」

の三文字の大きな扁額が掛けられていた。

「父上、開会関ってどのような意にございますか」

「駿太郎、この世の人々すべてが法華経のもとに救われるという関門と教えられた。このわしは三十有余年前、父と共にこの開会関を潜りながら、いささか仏の御心《みこころ》に反した所業を繰り返してきた」

小籐次が伊蔵の面影を脳裏に浮かべながら駿太郎の問いに答えた。

「赤目様、新兵衛爺ちゃんもきっと心が救われますね」

「お夕ちゃん、間違いない。われらの前に大きな難関が待ち構えておる。それを乗り越えれば必ず新兵衛さんは今以上に心穏やかに暮らしていかれよう」

と答えた小籐次は大草鞋が奉納された総門を潜り、石畳に出た。

一段と濃い靄が行く手を阻《はば》んでいた。

「おまえ様、大きな難関とはなんでございますか」

おりょうが小籐次に尋ねた。

その時、久遠寺の境内を巻くように流れる谷川から一陣の風が吹いてきて、靄をゆっくりと吹き流した。

「おおー」

駿太郎が驚きの声を上げた。

おりょうとお夕は眼を丸くし、言葉もなく長大な石の段々を見上げた。左右を杉林に守られた二百八十七段の大石段だ。

「思い出した」

「なにをでございますか、父上」

「二百八十七段の石段は、菩提梯《ぼだいてい》と呼ばれていたことをだ」

「ぼだいてい、どのような字を書くのですか」

「おりょう、菩提への梯《かけはし》と記したと思う。南無妙法蓮華経のお題目の七字になぞらえられて七つの休みどころによって、菩提梯は分けられているのだ」

長い石段の頂きは、天上界に伸びた階段のようで薄れた靄に包まれて見えなかった。

「どうだ、おりょう、お夕ちゃん、登れそうか。無理なれば女坂もある」

小籐次の問いに女たち二人が顔を横に振り、

「爺ちゃんといっしょに登ります」

「私も登って見せます」

と口々に言い切った。

「菩提梯を登りきった者は、涅槃《ねはん》に達するというでな」

「おまえ様、一度身延山詣でに参られただけなのに詳しゅうございますな」

とおりょうが感心の体《てい》で小籐次を見た。

「うーむ」

と小籐次が唸り、

「おりょう、正直申すと亡父伊蔵と身延山に参ったときのことはよく覚えておらぬのだ。そこでな、備前屋の隠居に紹介されて駒形堂近くの日蓮宗の寺に、話を聞いてきた。ゆえにその寺の和尚の受け売りだ」

と白状した。

「正直な赤目小籐次がおりょうは大好きでございます」

「そうおりょうに言われると調子に乗りそうだ。この身延山久遠寺が開山された曰くを聞きたいか」

「この菩提梯を登り切るには久遠寺のことを承知していたほうがよろしゅうございましょう」

「ならば、参道の端に三人して寄れ。講中の人の邪魔になってもいかぬ」

と富士川の河原石で敷いたという参道の端に寄ったおりょう、駿太郎、お夕に小籐次が受け売りを伝え始めた。

犬も小籐次の話が分ったように四人の足元に座った。

「今から五百年ほど前に潰れた鎌倉時代、この世に疫病やら地震、大雨など天災が続いてまるで末世のようであったそうな。そんな世を憂いた日蓮聖人が『法華経』をもってすべての人々を救おうとなされた、また鎌倉幕府に度々《たびたび》世直しを願ったが天災はなおも続いたそうな。

そんな折、日蓮聖人は折しも甲斐国波木井郷を治めていた地頭の南部実長の招きにより、初めて身延山に入山した。それが文永十一年（一二七四）五月十七日のことでな、日蓮はこの近くに草庵を構えて、法華経の教えを始められた。ゆえに入山の日を日蓮聖人身延入山の日、草庵を設けた同年六月十七日を身延山開《かい》闢《びゃく》の日と数えるという。この七年後の弘安四年（一二八一）十一月二十四日に、草庵を廃し堂宇を建設して『身延山久遠寺』と命名されたのだ」

小籐次の説明を熱心に聞いたのは、おりょうだけだった。

「鰍沢の山寺の徳願和尚が久遠寺のお知り合いに宛てた書状を認めてくれましたが、そのお方が南部実長様の御子孫にございましたな」

「そういうことだ」

とおりょうに応えた小籐次は気付いた。

「おお、お夕ちゃんも駿太郎も退屈させてしもうたな。おりょう、覚悟も新たに涅槃への石段を登ろうぞ」

小籐次の覚悟の言葉が分ったか、石畳の傍らに休んでいた茶色の犬が立ち上がり、先導を始めた。

小籐次は、切石宿以来、小籐次一行を尾行してきた面々がこの菩提梯に姿を見せ、襲いきたらどうするかとの考えが浮かんだ。

その時は、

(日蓮聖人の御心に託すだけじゃ)

と覚悟を決めた小籐次が、犬に続いて一段目の石段に足を掛けた。

犬が、ぴょんと飛び上がった。それほど石の一段に高さがあった。おりょうとお夕に裾を絡《から》げて登るように小籐次は指示した。

「宿坊のお方が杖を貸してくれた意味が分りました」

とおりょうが言った。

「まずは一番目の休み処の四十一段までゆっくりと登っていこうか。新兵衛さんの身代わりのお犬様を先頭にわしが続き、お夕ちゃん、おりょう、しんがりは駿太郎が勤めよ」

「父上、畏《かしこ》まりました」

駿太郎が応じて犬に先導された小籐次らは、

「南無妙法蓮華経」

のお題目を唱和しながら、一段一段確かな足取りで上がって行った。

いつしか小籐次の念頭から、この菩提梯の途中で襲われたらという考えが消えていた。そして、亡父の伊蔵と旅した折の気持ちに立ち返り、伊蔵と亡母おさいの菩提を弔うように唱題しながら、無心に足を運んだ。

最初の休み処になんとか辿り着いた。

登り慣れておるのか、犬は平然としたものでしんがりの駿太郎が上がってくるのを待って、次の菩提梯を登り出した。

「父上、難関の意味が分りました。な、新兵衛犬」

茶色の犬に新兵衛犬と名付けたか、駿太郎の声は元気そのものだった。

二つ目の菩提梯に移ると、一行の足の運びが段々と遅くなり、急な石段の途中で動きを止めた。

靄がさらに吹き流されて急な石段の下が見えた。

「おりょう、お夕ちゃん、下を見てはならぬ。ひたすら上を見て進むのだ」

二人が頷き、

「駿太郎、お夕ちゃんの手を引け。わしはおりょうの手を取るでな」

と小籐次はおりょうに手を差し伸べた。

手を取られた二人の女たちは一段上がっては休み、また一段と登って行った。

ようやく菩提梯の真ん中、四つ目の休み処に辿り着いた。

「ここでしばし休息していこうか」

小籐次の注意に犬がまず反応して、石段の端に寝そべった。

「父上、石段の上にあるという涅槃とはどのようなところですか」

「世俗の欲望などを忘れて、穏やかな静寂に満ちた境地に達することだ。仏の道と剣の道をいっしょに語るのはいささか意が違うかもしれぬが、剣の奥義《おうぎ》は、雑念を忘れ、無の境地のことをいう。仏道で言われる涅槃とは、ひょっとしたら剣術の無の境地と相通ずるやも知れぬ」

小籐次は駿太郎に答えながら、鬱蒼《うっそう》とした杉林の中で耳を欹《そばだ》てる者たちにこの声を聞かせていた。

（襲いくるならばいつでもこよ）

小籐次の無言の牽制に、杉林を吹き渡る風だけが答えた。

いつしか菩提梯を覆っていた靄は、完全に掻き消えていた。そして、杉木立の間から春の陽射しが差し込んできた。

「南無妙法の四字をわれらは登りきった。あと蓮華経の三字に達すれば涅槃につくぞ」

「はい」

とおりょうが答え、お夕が立ち上がった。

「新兵衛犬さん、案内《あない》を頼む」

と茶色の犬に願うと、わん、わん、と吠えて応えてくれた。


江戸の芝口新町の新兵衛長屋の差配の家では、新兵衛が仏壇の前から離れようとはせず、小さな声でなにかを念ずるようにお題目を唱えているのを、桂三郎とお麻が朝餉の膳の前から見ていた。

「いつもと様子が違うな」

「お父つぁんの気まぐれよ。放っておいて先に食べましょう」

桂三郎の言葉にお麻が応じた。

「お麻、お夕が江戸を発って何日になる。もしや今日辺り、身延山に赤目様一行が着いたのではないだろうか」

「お父つぁんは、身延山のお夕たちといっしょにお題目を唱えているというの」

「いつもと違い、親父様の顔が穏やかに見えないか」

「そうかしら。このまま静かに過ごしていけたらいいのにね。勝五郎さんたちにだいぶ迷惑かけているもの」

お麻がお題目を静かに唱え続ける父親の背を見た。


身延山久遠寺の大石段、高さにして三百十二尺余の菩提梯もあと二つを残すだけになっていた。

「おりょう、お夕ちゃん、頂きはもうそこじゃぞ」

「お夕ちゃん、新兵衛犬が待っているよ」

駿太郎がそう名付けた茶色の犬はさらに一つ上の休み処で小籐次らの様子を不安げに見ていたが、急に立ち上がり、杉林に向って激しく吠えたてた。

襲いくるとしたら菩提梯の七分目と小籐次が見当をつけていた辺りに差し掛かり、新兵衛犬が吠え始めたのだ。

「新兵衛さんや、心配するでないぞ。そなたの化身《けしん》がわれらに従っておるで、あやつらも姿を見せまいよ」

小籐次が新兵衛犬に話しかけると、新兵衛犬が小籐次を見下ろして、

「さあ、登ってこい」

という顔を見せた。

「よし、新兵衛犬のところまで参れば涅槃に手をかけたも同然だ」

と小籐次が言い、

「お夕ちゃん、母上、もうひと頑張りですよ」

と駿太郎も勇気づけた。

小籐次は、片手でおりょうの手を引きながら、新兵衛犬が吠えた方角に注意を怠らなかった。

六つ目の休み処に辿り着いたおりょうが、

「お夕ちゃん、一気に登りましょうか。下を見ているより上を目指したほうが怖くないわ」

と誘いかけた。

「はい」

とお夕が返事をして最後の菩提梯に取りついた。

小籐次は杉林の中の気配が消えているのに気付いた。

新兵衛犬が一足先に二百八十七段の菩提梯を登り切り、四人を勇気づけるように、わんわんと吠えて鼓舞した。

「よし、おりょう、あと三段じゃぞ。それもう二段」

小籐次が声を嗄《か》らせば、駿太郎も、

「あと三つで涅槃だよ、お夕ちゃん」

と最後の声援を送った。そして四人はついに菩提梯を登り切った。

小籐次は、境内を見て、

「おお、真の涅槃じゃ」

と思った。

だが、おりょうもお夕も菩提梯で気力と体力を使いきり、

はあはあはあ

と顔を地面に向けて大きく弾んだ息をしており、辺りを見る余裕がなかった。

不意に新兵衛が仏壇の前から立ち上がり、独り残された膳の前に座った。

「あら、お父つぁん、今朝はえらく静かなお勤めだったわね」

とお麻が語りかけると、

「お夕」

と呟いた。

その様子を仕事場から見ていた桂三郎が、

「赤目様たちが身延山久遠寺に参られたのだ、お麻」

と言い切り、作業場の書付に日にちと刻限を記した。


「母上、お夕ちゃん、辺りを見てください。涅槃が二人を待ってますよ」

駿太郎の言葉に肩で息を吐いていた二人が顔を上げ、駿太郎が差す方角を見て、茫然と身を竦ませた。

おりょうもお夕も長いこと沈黙したまま境内を眺めていた。

久遠寺の名物、樹齢何百年のしだれ桜が七、八分咲きで何本も境内を彩る見事な光景に、おりょうもお夕も言葉を失い、茫然と見ていた。

さらに目を転じれば、久遠寺の背後の山々には山桜が若葉に寄り添うように彩りを添えていた。

身延山全域が桜色に彩られているのだ。

おりょうの口から洩れた。

「しだれ桜の華やかさ、山桜のひっそりとした静けさがなんとも言えませぬ」

おりょうがこれまで見たことのない桜花の饗宴であった。なぜか胸に平安京の春を詠んだ素性《そせい》法師の古歌が浮かんだ。

「見渡せば柳桜をこきまぜて　都ぞ春の錦なりける」

するとおりょうの気持ちを察したように、

「しだれ桜もよし、山桜もまたよし」

と小籐次が応じた。おりょうは他人の古歌を借りて表そうとした己より、亭主のほうが素直に桜を愛でていると思った。

おりょうの口から嘆息が洩れた。

「おまえ様、いかにも長い苦しい菩提梯のあとには、桃源郷ならぬ桜の園、極楽浄土が待ち構えておりました。そなた様が私と駿太郎をお夕ちゃんの代参の旅に誘ってくれたことを、どう感謝してよいか分りませぬ」

おりょうの歌人としての雅号は里桜であった。

小籐次はおりょうを雅号の由来の地に誘ったのだ。

「わしが父と訪ねたのは夏の終わりであった。久遠寺のしだれ桜の評判は聞いておったが、これほどの景色とは思わなんだ」

小籐次も正直に驚きの言葉を告げた。

「お夕ちゃん、新兵衛さんを身延山久遠寺に、それも一番美しい時節に連れてきたんだよ。きっと新兵衛さんはお夕ちゃんの頑張りを喜んでいるぞ」

駿太郎の言葉にお夕の両眼には涙が盛り上がり、駿太郎に抱き付くと、
わあわあ
と声を上げて泣き出した。

小籐次とおりょうは姉と弟のような二人が抱き合っているのを、微笑ましく見ていた。

「新兵衛さんを身延山久遠寺にお連れしましたね」

「とうとう来たな」

「おまえ様もわが舅どのと姑どののことをこの地で追憶なされ」

「追憶しようにも母の顔も知らぬわ」

「いえ、日蓮様がおまえ様には必ずやおさい様の、駿太郎には実母の小出お英様の面影を見せてくれましょう」

不意に駿太郎が叫んだ。

「あれ、いつの間にか新兵衛犬の姿が掻き消えているぞ」

小籐次らも境内を見回したが、茶色の新兵衛犬の姿はどこにもなかった。

二

小籐次ら四人は身なりを改め、本堂の前に並んで立つと、日蓮宗の総本山身延山久遠寺に、お夕は祖父新兵衛の代参を、小籐次は亡父伊蔵と亡母おさいの供養をお互い胸中に秘めて合掌し、お題目を七度繰り返した。

おりょうと駿太郎が唱和した。

日蓮聖人のご入滅以来五百年余の歳月、絶えることのなかった法灯が四人の身を包んで清々《すがすが》しい気持ちで合掌を終えた。

「どうだ、お夕ちゃん」

「爺ちゃんの気持ちがきっと日蓮様に伝わりました」

お夕が言い、小籐次も頷いた。

「おまえ様、願いは叶いましたか」

「さあてのう、あの世で親父どのが、悪の小倅が殊勝なことをと苦笑いしておるやもしれぬ」

と答えた小籐次に、

「これから江戸へ戻りますか、父上」

と駿太郎が聞いた。

「鰍沢の徳願和尚から頂いたご厚意の文がある。庫裡《くり》に立ち寄り、こちらの知り合いに挨拶をしておこうか」

徳願から頂戴した、南部実長の末裔《まつえい》という日恩老師に宛てた書状を手に、境内の一角に見つけた大きな庫裡を訪ねた。

破れ笠の紐を解いて脱ぎ、広土間で作務《さむ》をなす修行僧と思しき若い僧侶の一人に書状を差し出すと、合掌して受け取り、宛名を見た修行僧に緊張が走った。そして小籐次ら一行四人の風体《ふうてい》を眺めて、旅に汚れた白衣の文字を確かめていたが、

「しばらくお待ちを」

と言い残した修行僧は奥へと消えた。だが、直ぐに戻ってくる様子はなかった。

庫裡の入口から境内に咲き乱れるしだれ桜を眺め、小籐次らは春の身延山を楽しみながら待った。

「父上、江戸へ戻るのが惜しゅうございますね」

駿太郎が三人を代弁するように言った。

「祭礼も然《しか》り、旅も然り、始まりがあれば終わりがやってくる。江戸の暮らしがわれらの基だ。帰りは富士川沿いに東海道の岩淵河岸に出ようか。おりょう、船を試してみぬか」

「船ですか」

おりょうが富士川の急流を下る船を思い出したように身を竦めた。

日恩老師が多忙なれば暇《いとま》をするまでと、小籐次が庫裡にいる僧の一人にそう伝えようかと思ったとき、最前の若い僧が戻ってきた。

「ご一統様、お待たせ申しました。日恩老師がお会いになります。草鞋を脱いで下さい」

「なに、お会い下さる」

諦めかけていた小籐次は、草鞋の紐を解くと裾を払い、破れ笠に道中嚢を添えて庫裡の広い板の間の端に置いた。おりょうらも旅仕度をその場に残した。

小籐次は最後に腰の備中次直《びっちゅう》を抜いて手に下げた。小籐次を見倣った駿太郎も脇差長曾禰虎徹を右手に下げた。

四人が案内されたのは長い廊下の先、陽当たりがよい中庭を眺めることのできる座敷だった。

徳願の書状を手にした日恩は、八十は越えたと思える老僧だった。

縁側の廊下に座した小籐次らを眺めた老師が、

「徳願が珍しき人物を送り込んできたものよ」

と四人を眺め回し、

「江戸を賑わす赤目小籐次か」

「ただの爺侍にございまする」

「爺を名乗るにはまだ二、三十年は早かろう」

と日恩が言い、

「なにしろそなたは拙僧よりも格上の生き神様じゃからな」

と小籐次を睨んだ。

「なに、日恩様は江戸の騒ぎもご存じか。迷惑千万の空騒ぎにござった」

「江戸からこの地にお参りに来られる講中の方々が、あれこれと江戸のことを話してくれるでな。身延にいても江戸の事情には通じておる。そなたが御鑓拝借騒ぎで武名を上げて以来の、数々の勲しもな」

と答えた日恩老師が、

「この娘の爺様がお題目を唱えて、長屋の連中に迷惑をかけておるか」

とお夕を見た。

「はい」

とお夕が答え、

「新兵衛さんと言うたか、お題目を唱えておられるのは周りの衆に仏恩を授けておられるのだ。迷惑などと申す輩には言わせておけ」

と日恩があっさりと言い、

「よう爺様の代わりに身延に訪ねてきたな」

と優しい目を向けた。

お夕は泣き出しそうになるのを必死でこらえ、うんうんと頷き返した。

「赤目小籐次、幸せ者じゃな」

日恩がおりょうと駿太郎を見て、

「おりょうさんか、得難き伴侶を選んだものじゃな」

「日恩様、おりょうがそれがしを選んだのではござらぬ。それがしがただ勝手にお慕いしていただけのことでござる」

「おうおう、その顔でよう言いおるわ」

と笑った日恩が、

「おりょうさんや、この赤目小籐次のいうとおりか」

「御坊、私が赤目小籐次という人物に惚れたのでございます」

おりょうの言葉に頷いた日恩が駿太郎を見て、

「そなたはよき父と母を得たな」

と父と子の関わりを見抜いたように言った。

「私の父は日本一の侍にございます」

うんうん、と頷いた日恩が、

「赤目小籐次、そなたは娘の付き添いで参っただけではないそうな。徳願はなにも触れてはおらぬがな」

と膝の書状を上げて見せた。

「父の供でそれがし、この地に三十有余年前に参ったことがござる」

と前置きして、父親の伊蔵が小籐次を連れて身延山参りをした経緯を手短に語り、語を継いだ。

「こたびの身延山詣では父の行状を詫びる旅でもござった。日恩老師、父が断わりもなしに身延の地に母の遺髪を埋葬したことをお詫び申し上げたい。詫び代わりになんぞそれがしに出来ることあらば為したいが、もっとも出来ることは刃物を研ぐことくらいじゃ」

と言い添えた。

「そなたの父が為した行いは詫びる要もないことじゃ」

「日蓮聖人の聖地を無断でお借りしたのですぞ」

「赤目小籐次、身延山久遠寺の由緒を承知か」

「由緒にござるか、知りませぬ」

「日蓮聖人が亡くなられたのは、両親の墓参の折であった。弘安五年（一二八二）のことで身延山を下られ、常陸《ひたち》国に向われたのだ。その旅の途上、武蔵《むさし》国池上にて身罷られた。この年の十月十三日のことでな、六十一歳であられた。ご遺言にはこうあった。『いずくにて死に候とも墓をば身延の沢にせさせ候べく候』となな。そなたの父もまた日蓮聖人と同じく、そなたの母の遺髪をこの身延の山の何処かに埋葬された、日蓮聖人と同じ考えじゃ、それを正しいといわんでどうする、詫びの要などない。そなたの母御の墓所はこの身延山全域よ」

と日恩が言った。

「そのお言葉を聞いてわが心がいささか軽うなり申した」

小籐次がしみじみ言った。

「老師、江戸にて稼ぎ溜めたわずかな金子を母の菩提料として持参した。受け取っては頂けぬか」

小籐次は密かに持参した五両を包んだものを差し出した。

「赤目小籐次、生き神様の折、そなたに集まった賽銭は六百両であったそうな」

「よう承知じゃな。じゃがあの金子はもう手元にはござらぬ。六百両の供養料は無理じゃ」

「公儀の御救小屋の費えに寄付したと聞いた。そなたは一段と大きな気持ちで神仏に帰依しておる。その赤目小籐次から供養料などもらえようか」

と日恩老師が言い、

「どうだ、お夕、新兵衛爺様が穏やかな晩年を過ごせるように、この身延山でしばらく逗留していかぬか」

とお夕に尋ねた。

「日恩様、お夕ちゃんだけ残して、われら三人江戸に戻れようか」

「酔いどれ小籐次、しっかりせぬか。そなたら一家もいっしょに、この身延の地で亡父亡母の供養をしていくのだ。母の墓所の掃除などしていけ」

「老師、わが母の墓所は身延山全域と申されたな。身延山全域を掃除するとなると何年もかかろうぞ」

ふわっはっふぁ
と笑った老師が、

「一度目の掃除が終わった頃には、最初掃《は》いたところに落葉が溜まっていよう。二度目も厭《いと》わぬならばそうしていけ。赤目小籐次、しばし浮世から離れてみるとな、世間がまた違って見ゆるものよ」

小籐次はおりょうを見た。

「有難きお申し出ではございませぬか。江戸に早く戻ったところでどういうことがございましょうか。そなた様にはあれこれと雑事が降りかかってくるだけでございましょう」

「おりょう、身延籠りで退屈はせぬか」

「そなた様といっしょにいて退屈したことはございませぬ」

二人の会話を聞いた日恩老師が満足げな笑みを浮かべ、

「赤目小籐次、夕餉には般若湯《はんにゃとう》をつけるぞ」

と老師らしからぬ甘い言葉を囁《ささや》いた。


小籐次ら四人は、この日から宿坊の一つを借り受け、お夕と駿太郎は台所の手伝いを為し、小籐次は大勢の修行僧が籠る身延山の僧坊で使う刃物の研ぎを行うことにした。

一方おりょうは、宿坊の文机《ふづくえ》を借りて、空蔵、久慈屋、新兵衛長屋の桂三郎、お麻、さらには須崎村の望外川荘の留守をする百助とお梅に宛てた文を認めることにした。

この中で一番長文は、空蔵に宛てた『身延山代参つれづれ草』の読み物だ。

夕餉は、小籐次らは日恩老師の部屋でいっしょに膳を並べて食する慣わしになった。

日恩老師は独り身を通し、この身延山久遠寺に生涯を捧げてきたという。後に知ることになるが、先代の上人より跡継ぎを求められたが日恩は、

「上人の器ではなし」

と固辞したという。

南部実長はこの身延山全域を含めて支配してきた地頭、地主であった。日蓮聖人を招いた経緯から言っても南部家の血筋は、久遠寺にとっても格別といえた。日恩にとって上人の座に就くことはさほどの意味を持たなかったかもしれぬ。

そんな日恩は、小籐次の人柄が気に入ったようだった。

小籐次らが久遠寺の宿坊に世話になって数日後のことだ。

「酔いどれ小籐次、なかなかの芸持ちじゃな。修行僧が驚いておった。そなたが研いだ刃物は切れ味が違うとな」

「老師、亡き父から叩き込まれた技の一つでござる、屋敷を追い出されたとき、食うに困らぬようにな。それと来島水軍流なる剣術を伝授されたのでござる。この二つの芸があるゆえ、江戸で生きていける」

「そなた、頭は剃っておらぬが坊主と同じ修行を日々しておるわ」

と日恩が言った。

般若湯が入った銚子一つを日恩、小籐次が分け合って陶然とした気持ちになった。

「そなた、飲めば一斗五升というではないか。酒はないが般若湯なればいくらでもあるぞ」

「老師、酒は一杯目に滋味《じみ》がある。二杯目からは蛇足《だそく》じゃな」

「五十路を越えたばかりの小僧が言いおるわ。いかにもいかにも」

その日恩が日中はおりょうと和歌を詠み合い、夕べになると小籐次と酒を飲んでは世間話に時を過ごすことになった。

庫裡では、下男たちが、

「日恩老師のご機嫌がこのところえらくよいな」

「怒鳴り声が響かぬ日はなかったのにな」

と噂し合い、

「あの年寄侍が宿坊に泊まるようになってからではないか」

「いかにもさよう。それにしても江戸から伝わる赤目小籐次の噂は途方もないものばかりじゃが、あの小さな体で御鑓拝借を始め、小金井橋十三人斬りなどというものが為し遂げられたのであろうか」

と下男の一人が首を傾げた。

「それよりなによりあの顔で見目麗しい嫁さんがおる。いったい全体どうなっておるのだ」

などと言い合った。

小籐次は、久遠寺の宿坊に泊まった翌朝から駿太郎を伴い、箒《ほうき》を手に本殿から総門へと続く菩提梯の掃除をするようになった。

一番上の石段から丁寧に掃いていくのだ。

二百八十七段の石段を掃き終えるのに一刻はたっぷりとかかった。

掃き掃除を済ませ、ごみを始末した後、小籐次は駿太郎に菩提梯下の参道で稽古を付けた。そして、その稽古が終わると菩提梯を上がって庫裡に戻った。

小籐次も駿太郎も切石宿から闇に隠れるように従ってきた一味が、

「いつ正体を見せるか」

と待ち受けていた。

もはや一味を江戸まで連れ帰ることを小籐次は考えていなかった。

久遠寺のしだれ桜が満開に咲き誇り、風に舞う時節がきた。

小籐次は、時におりょうと駿太郎とお夕の三人を誘い、久遠寺の奥の院の思親閣に参り、別の日には駿太郎だけを伴い、身延山の西に位置する霊山、海抜およそ六千尺の七面山に登った。

女二人を伴うには厳しい山道ゆえ、小籐次はおりょうとお夕を誘わなかった。久遠寺から尾根伝いになかなかの山歩きで、山頂付近には敬慎院があった。和光門を潜ると法華経の守護神である七面大明神が祀《まつ》られてあった。

江戸でなにかと忙しい日々を過ごしていた小籐次にとって、身延山久遠寺での暮らしはなにものにも代えがたい、

「静かなる時の移ろい」

であった。

なにより父の伊蔵の生涯を辿り、顔も見たこともない母のおさいの面影を想像する日々となった。

独り七面山に登った日、夕餉に日恩老師と顔を合わせると、

「どうであった、七面大明神と酔いどれ大明神が顔を合わせた気分は」

「老師、こちらは未だ世俗の垢《あか》に塗れた人間じゃ。本物の大明神の威徳はないわ。だがな、老師」

「どうした、酔いどれ様」

「帰り道、われらを久遠寺に導いてくれた茶色の犬に山で出くわした」

「あれ」

とおりょうが驚きの声を上げた。

「駿太郎が新兵衛犬と名付けた犬にございますね」

「わしらはあの犬が門前町のどこかで飼われているものとばかり思うておった。だが、山道で出会った犬はだれぞ、別のものの化身であったかもしれぬ」

「駿太郎が新兵衛犬と名付けた犬にございます。菩提梯を案内してくれたときは、新兵衛さんの想いを抱いた化身にございましたな」

とおりょうが念押しした。

「われら、そう考えておった。だが、今日出会ったあの犬は、優しい目に変わっておった」

「おまえ様、まさか」

「そうよ、わが母おさいの化身であったかもしれぬ。出会った瞬間、わしの体に温かいものが走り抜けた」

と小籐次が告げると、

「父上の母上が犬に化身しているとしたら、なぜわが母の化身にはなってくれぬのでしょうか」

駿太郎の言葉に一座が沈黙した。

小籐次が酒を舐めるように啜り、お夕が、

「駿太郎さん、それははっきりしているわ。駿太郎さんには、真のお父つぁんとおっ母さんがいるからよ」

「そうか、駿太郎には赤目小籐次とおりょうという二親がいるから、あの犬は私を産んでくれた親の化身とならなかったのか」

ふっふっはは
と笑った日恩が、

「そなたらには、神仏を感じる霊感がだれよりも備わっておるのかも知れぬな。長いこと久遠寺に暮らしておるが、たれぞが化身し、道案内する犬の話など聞いたこともないわ」

と言った。

三

なんとも穏やかにして心地よい日々が過ぎて行く。

小籐次らは久遠寺の修行僧らの手伝いをしながら、研ぎ仕事や菩提梯や境内の掃除をし、小籐次は毎日のように久遠寺奥の院や七面山へと辿る参拝行を続けた。

時に駿太郎が同行することがあったが、主に小籐次独りの山行だった。

帰路、不意に新兵衛犬が現れ、小籐次に従った。

「新兵衛さんは江戸で元気にしておるか」

と小籐次が尋ねると、

「わん」

と一声吠えて応えることもあった。

「おうおう、元気にしておるならばなによりだ」

小籐次は母のおさいが眠る身延山に優しく抱かれているような錯覚を持った。

いや、錯覚ではない、母の温もりを五体に実感することができた。

身延山全域に爛漫と咲き誇った桜は段々と終わりに近づいていた。

そんなある日、日恩老師が小籐次と駿太郎の稽古を見たいという。

そこでその朝まだき、菩提梯をいつものように掃き清め、石段下が直ぐ真下に見えたとき、駿太郎に、

「日恩老師をお呼びせよ」

「石段下にでございますか」

八十を過ぎた老師は矍鑠《かくしゃく》としていた。だが、菩提梯を下りてくるのは難儀だと駿太郎は思ったのだ。

「いや、今朝は境内でそなたとの稽古を奉納しようか。日恩老師を境内にお連れせよ」

と命じた。

日恩も小籐次たちが身延山を去る日が近いことを気にかけて、小籐次と駿太郎の稽古を見物したいと言い出したのだろう。

「畏まりました」

箒を手に駿太郎が急な菩提梯を走り上がって行った。

小籐次はそれを見送り、二百八十七段の落葉や桜の花びらを塵取りにとってごみ箱に入れた。

ふうっ

と小さな息を一つした小籐次は、毎朝の行事となったように菩提梯を、

「南無妙法蓮華経」

と伊蔵とおさいを脳裏に描きつつ、唱題しながら一段一段と上がり始めた。

むろんおさいの顔を小籐次は知らなかった。だが、菩提梯の上り下りを重ねる

うちに、ふっくらとした丸い顔がおぼろに浮かぶようになっていた。
「親父様には勿体《もったい》ない福顔じゃ」
これも、
（新兵衛さんが呆けた功徳じゃな）
と小籐次は考えた。
そのとき、菩提梯の左右の杉林に殺気が満ちるのに気付いた。
参拝者が姿を見せるには早い刻限だ。
石段にいるのは小籐次独りだ。ちょうど中段に小籐次は箒を手に立っていた。
（愚か者どもが）
と胸中で吐き捨てた小籐次は、菩提梯をさらに上段へ、涅槃への途《みち》を辿っていた。
七分目を過ぎたころか、菩提梯に珍しい黒い靄が漂い始めた。
「阿波津光太夫芳直、未だ雑賀衆再興の夢を捨てきれぬか」
小籐次が黒靄に視界を塞がれたまま、石段の上に呼びかけた。
黒い靄が薄れた。
左袖がだらりと垂れた阿波津光太夫と、万八楼でお恵を名乗った二人が菩提梯の上段二百八十三、四段辺りに立っていた。

小籐次の言葉に二人は答えない。

「どうだ、左腕を失った意を考えたか」

阿波津光太夫の口から黒呪文が唱えられ、お恵が唱和した。

「この地をなんと心得るぞ。日蓮聖人が開山された日蓮宗の総本山、聖なる身延山久遠寺なるぞ」

小籐次の叱声が響いた。

黒呪文が小籐次の体の動きを封じるように下りてきた。すると小籐次の箒を持つ手が怠《だる》くなっていった。

「南無妙法蓮華経」

こんどは小籐次の口からお題目が唱えられ、黒呪文とお題目が菩提梯の八分目辺りで激しくぶつかりあった。

黒い靄がふたたび小籐次の視界を奪った。

靄を切り裂いて殺気が飛来した。

小籐次は手にしていた箒で靄の左右を掃いた。すると六尺余の棒の先に両刃の槍先が煌《きら》めく得物《えもの》が、小籐次目掛けて飛んできた。

ゆらゆらと身を躍らせた小籐次は、箒を手にその場で飛来する両刃の槍先を右に左に避け、箒で叩いて飛んでいく先を変えた。方向を転じられた槍が右手の杉林から左手に、また左手の杉林から右手に飛んで、得物を投げた者たちの胸や腹に突き立ち、絶叫や悲鳴が起こった。

小籐次は口の中で唱題を中断し、言った。

「見たか、阿波津光太夫芳直」

黒呪文を念じ続けていた阿波津光太夫の片手が上がった。

すると菩提梯の上で一人の長身瘦軀の雑賀衆の忍び衣がお夕の手首を摑んで、抜身《ぬきみ》をその首筋に突き付けていた。七尺余に近い身丈から七尺彦三《ななしゃくひこざ》と呼ばれる、阿波津光太夫の最後の手下だった。

「赤目様」

とお夕が悲鳴を上げた。

「お夕ちゃん、そなたには日蓮聖人と新兵衛さんがついておられる。案ずるでない」

小籐次の言葉に動揺を鎮めたお夕が、

「はい」

と健気《けなげ》にも答えた。

お夕は、庫裡の裏庭で洗濯の水を汲んでいたときに、七尺に捕らえられたのだ。

「雑賀衆に情はなきや。未だ幼き娘を二度にわたり囚われの身にし、赤目小籐次をそこまで亡き者にしたいか」

小籐次は箒を手に菩提梯を阿波津光太夫とお恵のいる石段に向い、間合いを詰めて上がっていった。

「赤目小籐次、箒を捨てよ。腰の刀を外せ」

「よかろう」

小籐次はなおも一段一段と菩提梯を登りつつ、箒を捨てた。

からから、と音を立てて箒が二百数十段下へと転がり落ちていった。

「止まらぬか、赤目小籐次。腰の刀を鞘ごと外せと命じたぞ!」

お恵が叫んだ。

「お恵、万八楼でそなた、鯉屋利兵衛どのと競い合うように一斗五升の酒を飲み干したが、あの酒はどこへ行ったか。雑賀衆の下賤《げせん》なる酒移しの技か」

「おのれ、言わせておけば。あの程度の技は雑賀衆の子どもにもできる、何事でもない」

「やはり、そなたが飲んだ酒は、先に倒れ込んだと見せかけた手下の饗場雄太郎と家村新五兵衛の胃の腑に移されたか」

小籐次が喋りながら、腰の次直の腰帯に絡めた下げ緒を解いていった。

刀が腰から抜け落ちぬように鞘には栗形《くりかた》と称する下げ緒を通す穴があり、また刀身を鞘から抜く際に鞘ごと抜けぬように返角《かえりづの》と呼ばれる留め具も鞘の上部に装備されていた。

小籐次はゆっくりと胸中でお題目を唱えながら、長さ五尺余の下げ緒を帯から解くと、左手一本で鞘ごと抜き、

「どうするな、お恵、そなたの足元に投げようか」

視線をお恵に向けた。

折から身延山久遠寺名物のしだれ桜が、そよ風に吹かれて菩提梯に舞い散ってきた。すると黒い靄が消えて、一瞬花吹雪《はなふぶき》に変わった。

「どこでもよい、投げ捨てよ！」

とお恵が答えたのと、阿波津光太夫が、

「石段下へ投げ落とすのじゃ！」

という言葉が重なった。

だが、小籐次は左手で鯉口を切った次直を右手の杉林に向って放り投げた。

その様子にお恵は安心し、光太夫は懸念した。

鞘に収まった次直が花吹雪の中、菩提梯の外へと飛んでいった。

そのとき、小籐次の手には下げ緒の端が持たれていた。

あっ
と光太夫が悲鳴を上げた。

その瞬間、小籐次が下げ緒を不意に引くと、次直は弧を描きつつ引き戻されて、刀が鞘から抜け飛んで桜吹雪を裂き、お恵の体にぶすりと突き立った。

お恵には予期せぬ攻め技であった。

「嗚呼」

と悲鳴を上げた光太夫が、

「娘を殺せ、七尺彦三！」

と命じた。

七尺彦三が、抜身をお夕の細い首筋に突き立てようと、切っ先を後ろに引いた。

それが七尺彦三の誤算となった。

折から日恩老師を連れて菩提梯に歩み寄り、危難に気付いた駿太郎が脇差の長曾禰虎徹を抜くと、走り寄りざまに、菩提梯に注意を向けていた七尺の背を突き上げた。

うっ

と立ち竦んだ七尺彦三とお夕の間に、

「お夕ちゃん」

と叫びながら駿太郎が身を入れ、眼前のゆらゆらする虎徹の柄《つか》に手をかけて抜いた。

七尺の手から忍び刀が落ちた。

ゆらり

七尺彦三の長身痩軀が揺れて、花吹雪の菩提梯へと前のめりになり、小籐次の傍らを転がり落ちていった。

「おのれ！」

と罵り声を上げた阿波津光太夫が素手の小籐次に目をやり、

「赤目小籐次だけは許せぬ」

と吐き捨てると右手一本に抜いた横刀《たち》を構えて、菩提梯を一段一段と下り始めた。

切刃造《きりはづくり》の横刀は忍び刀に似た直刀だ。

この横刀、古墳時代に大陸から伝わった、

「環頭大刀《かんとうたち》」

の一種であった。

横刀を手にした阿波津光太夫に向い、小籐次は右の素手を突き出す構えで応じた。

もはや五段ばかりに間合いが縮まった。

「父上」

声が阿波津光太夫の上から降ってきて、その頭上を抜身の長曾禰虎徹が飛び越え、小籐次の手元に落ちてくると、柄が、
すぽり
と小籐次の右手に収まった。

「南無妙法蓮華経」

駿太郎に知恵を授けた日蓮聖人にお題目で感謝した。

すると阿波津光太夫の口からいったん途絶えていた黒呪文が流れてきた。

そのとき、小籐次は真上に向って菩提梯の右手にいて、相手は左手の三段上に

いた。

上下で睨み合う両者の間合い一間半か。

光太夫の黒呪文に小籐次はお題目を唱えて対抗した。

黒呪文は上から小籐次の動きを封じるように降ってきた。

小籐次はそれを避けるために菩提梯の下へと一段一段下り始めた。その動きを封じようと光太夫が従ってきた。

菩提梯の中段まで二人が睨み合い、黒呪文にお題目で応じながら下ってきた。

すると鬱蒼とした杉林に遮られたか、桜吹雪が消えた。

阿波津光太夫が、
けけ、けえっ！

という奇声を発した。すると再び黒い靄が菩提梯を包み始めた。

小籐次は靄の外へ逃れようと、石段を斜めに構えた体勢で駆け下った。

光太夫も靄を味方につけて従ってきた。

間合いが迫ったことを、視界を塞がれた小籐次は感じていた。

いつどこから黒い靄を突き破り、横刀の切っ先が小籐次の体を突き通すかもしれなかった。

靄を操る阿波津光太夫には小籐次の動きが見えていた。だが、一方の小籐次は、知ることが叶わなかった。

視界を閉ざされての戦いになった小籐次は、必死の形相で石段を駆け下っていった。

小籐次は五感のすべてを働かせて切っ先が迫りくる、その瞬間《とき》と方向を察しようとした。

だが、靄の向うの動きを確かめ得なかった。

相手が、阿波津光太夫がわずか一間先、あるいは半間先にいることを感じ取っていた。

頭の中で菩提梯の段数を数えていた。

残りはおよそ五十七、八段か。

靄の向うの殺気が膨らんだ。

（来た）

と小籐次が感じた瞬間、うちわ太鼓の音が靄の向うから響いてきた。

竹笠に白い衣、素足に下駄を履いた修行僧の一団だ。うちわ太鼓の音を女坂に響かせて托鉢《たくはつ》に出ていくのか。

その音が菩提梯を包む靄をわずかに吹き揺らした。

ちぇっ

という罵り声がして靄が薄れ、阿波津光太夫の姿が小籐次の眼に留まった。

小籐次の直ぐ真上、横刀の切っ先は小籐次の喉元一尺余に迫っていた。

小籐次は咄嗟に動きを変えた。

残り五十段ほどの石段を駆け下ることを止め、反対に下ってきた菩提梯を登り始めた。

一瞬の不意を突かれた阿波津光太夫が石段下へと位置を変えた。

それでも光太夫も直ぐに対応し、小籐次の前へと出ようとした。

そうはさせじと小籐次も蟹の横走りにも似た動きで菩提梯を登ることに最後の力を振り絞った。

光太夫は息一つ乱すことなく小籐次と同じ石段に追いつき、互いが同じ石段を登りながら、横刀と虎徹の切っ先を触れんばかりの間で移動していった。

二百八十七段のほぼ中間に差し掛かった。

光太夫は菩提梯の下り上りは一往復目だ。

だが、すでに掃除をしながら下ってきた小籐次は戦いに入り、菩提梯二往復目に入っていた。

疲労の具合からいえば小籐次が疲れていた。

だが、阿波津光太夫にも弱みがあった。

江戸は御弓町《おゆみちょう》の旧阿波津一族の屋敷での戦いで、小籐次によって光太夫は左腕を失っていた。

左腕を失ったことで体の平衡をとることが難しかった。また右腕一本の太刀遣いに、光太夫は扱い易い横刀を選んだのであろう。

小籐次の息が弾み始めた。だが、お題目は唱え続けた。

一方、光太夫も黒呪文を発し続けていた。

力と力、技と技、意地と意地。そして、邪《よこしま》な黒呪文と万人の救いを希求する妙法七字が戦っていた。

小籐次が日恩老師と駿太郎が見詰める菩提梯の上まで、あと十数段というところに迫った。

そこで足を止めた。弾む息を整えた。

阿波津光太夫が迫ってきて、小籐次と同じ石段で足を止めて向き合った。

両者は二百七十段余の石段を見下ろしながら対決した。

もはや戦いを避ける途はなかった。

どちらかが斃《たお》れ、どちらか一方が生き残る。

そのことを両者が承知していた。

小籐次の荒い息をそよぐ風が鎮めた。

黒呪文もお題目も止め、両者はただ戦いに没入した。

先に仕掛けたのは光太夫だった。

右手一本で保持した横刀を突き出して小籐次との間合いを詰めてきた。

たちまち両者の構える切っ先が触れ合わんばかりに接近した。

無念無想の小籐次の脳裏に新兵衛犬が、そして、おさいの福々しい顔が浮かんで消えた。一瞬のことで、小籐次は、後々あれが現《うつつ》のことであったのか、幻想であったか理解がつかなかった。

だが、このことが小籐次に相手の意表をつく予想外の動きをとらせた。

小籐次は、正眼の長曾禰虎徹を左脇構えに移して、わざと無防備に身を空けたのだ。

阿波津光太夫が踏み込んで横刀を突き出せばそれで勝負が決した。だが、光太夫は、

（なんぞ仕掛けか、策ありか）

と考えた。

その迷いが勝負を分けた。

阿波津光太夫が無駄にした寸毫《すんごう》の間を埋めんと、小籐次が踏み込んできた。

石段の上での戦いだ、避けようもない。

小籐次は、来島水軍流正剣十手の一にすべてを賭けた。

片手で突き出される横刀。

両手脇構えから引き回される虎徹。

狭い石段で体と体をぶつけ合うようにして技が繰り出され、身延山久遠寺の春の終わりを告げる、最後の花吹雪が二人の体を白く染めた。

日恩老師も駿太郎もお夕も、光太夫の横刀の切っ先が小籐次の喉元を突き破ったかと思い、恐怖した。

だが、菩提梯を白く染めた花吹雪に間合いを寸毫狂わされ、横刀の切っ先は小籐次の首横をわずかに掠めて虚空に抜けた。

一方小籐次の虎徹は踏み込んできた阿波津光太夫の胴を深々と斬ると、石段の上に叩きつけた。そして、その体が反動で、

ごろごろ

と二百七十段余の石段下へと転がり落ちていった。その上に、

はらはら

と散り残りの花吹雪が舞い散っていた。

小籐次はその光景をただ視線で追っていた。

「あ、赤目小籐次」

と日恩老師の口から洩れ、小籐次が答えるように呟いた。

「来島水軍流流れ胴斬り　桜吹雪」

四

江戸の芝口橋の袂《たもと》にある紙問屋の久慈屋の店先に今日も、読売屋の空蔵の姿があった。最前から大番頭の観右衛門や難波橋の秀次親分相手に、

「桜の季節は遠くに去ったっていうのによ、酔いどれ小籐次様ご一行のお戻りはない。一体全体どういうことだい」

と同じ言葉を繰り返してぼやいていた。

昼下がりの刻限で仕入れに来た客はぽつんぽつんとして少なかった。

「同じ言葉をなんど繰り返すよ、聞き飽きたぜ、ほら蔵さんよ」

秀次親分が温《ぬる》くなった茶の茶碗に手を伸ばしながら言い放ち、

「まあな、ほら蔵のぼやきも分らないじゃない。よほど身延山が気に入ったのかね」

と言い足した。

「のようでございますな」

と観右衛門も賛意を示した。

こんな会話が最前から延々と続いていた。

「新兵衛さんの代参は終わったんだ。それがよ、おりょう様がくれた文によれば、久遠寺の庫裡で刃物研ぎをしたり、霊山の七面山に毎日のように登山をなしたり、日恩老師とかいう高僧相手に酒を酌み交わして清談をしたりと、まるで身延の住人になったようじゃないか」

秀次と観右衛門の言葉に空蔵が突っ込みを入れた。

今日だけの光景ではない。

この数日、同じ会話が店先で繰り返されていた。

「空蔵さんよ、おりょう様の書き送ってきた『身延山代参つれづれ草』だかなんだか、道中記が幾たびか読売に載ってよ、それなりの好評を博しているんだろ。商いになっているんだから、いいじゃないか」

「親分、それはそれだ。酔いどれ小籐次が江戸に戻ってこなきゃあ、おりょう様の読み物もそのうち尻切れトンボでおわるよ」

空蔵がぼやいた。

おりょうからの『身延山代参つれづれ草』は、どこの読売にも載ったことのない道中記で、一行の旅の様子や甲州路から身延山道の景色などを報告して、身延山にお参りに行けない日蓮宗の信徒を始め、江戸の住人の間に静かな評判を呼んでいた。

三度目の掲載は身延山久遠寺の宿坊に小籐次一行が暮らしている様子や、見事なしだれ桜の華やかさが記されていた。

「空蔵さんじゃないが、うちの店先に研ぎ場があって、酔いどれ小籐次様が仕事をしている風景が見られないのは、やはり寂しゅうございますな」

観右衛門が言ったとき、表から手代の国三が店に入ってきて、

「もう一組、酔いどれ様の戻りを心待ちにするお方らがお見えです」

と報告した。

「だれだい、新兵衛長屋の連中じゃないよな」

と空蔵が答えたとき、老中青山忠裕の家来にして影御用を勤める中田新八とおしんの二人が、

「ご免下され」

と久慈屋の敷居を跨いで広土間に入ってきた。

「おや、中田様におしんさん、私どもと同じくぼやき仲間に加わりますか」

と観右衛門が問うた。

「いや、ご一統にいささか相談がござる」

中田新八の応じた口調は硬かった。

「うむ、なにか身延山から良からぬ知らせがあったのか。嫌な予感だな」

空蔵が呟いた。

「どうやら店先ではダメなお話のようですね」

観右衛門が一同に店座敷に通るように願った。

おしんは一言も答えず店の隅で草履《ぞうり》を脱ぐと、それを揃えて観右衛門らに従った。

「おれたちも同席していいのかね」

「親分、中田の旦那はご一統と言ったぜ。ご一統ということは、大番頭さんだけじゃないよな、おれたちも指しているんだよ」

空蔵が答え、秀次親分といっしょに店先から店座敷に向った。

五人が店座敷で向い合った。

「本朝、早飛脚が身延から届いた」

と中田新八が観右衛門らを見回し、いきなり切り出した。

「なんぞございましたので」

「あった」

と中田新八が答え、

「万八楼の大酒会で騒ぎを起こしたお恵なる娘がおったな」

「例の娘、一斗を越える酒を飲んで平然としていた見目麗しい娘のことですよね。あの話はウラがとれないよ」

と空蔵が答えた。

「あの娘、駿太郎どのとお夕の二人を拐《かどわか》し、われらを慌てさせた雑賀衆の頭目阿波津光太夫の娘であった」

このことは秀次から聞いていた。それでも、

「どういうことだい」

と中田新八の言葉に空蔵が思わず漏らし、観右衛門らは黙って話の先を待った。

「あの一件、城中が絡んだことでございましたな。駿太郎さんとお夕ちゃんの行方が消えて、御弓町だかなんだか、無人の武家屋敷に赤目小籐次様が乗り込んでよ、二人を助け出した出来事だ」

秀次が用心深い口調で、過日二人から聞いた話を整理した。

「だって、あの大騒動さ、おれが見てきたように読売に書いてよ、なんだか知らないが角樽一つを酔いどれの旦那がおまえ様方から頂戴して、ケリがついた」

空蔵が思い出したか、口を挟んだ。

「そういう結末であった」

「あの話が未だ続いておるのでございますか」

観右衛門が中田新八に糺した。

「御弓町の拝領屋敷から阿波津光太夫と申す頭目が、赤目小籐次様に左腕を切り落とされながらも逃げ失せたのだ」

「ということは、万八楼の騒ぎも、赤目小籐次様を亡き者にしようという阿波津

光太夫の新たなる企みでしたか」

「親分、そういうことだ」

「まさか、あやつらが身延山に現れたという話じゃないよな」

「空蔵、現れたのだ。そして、赤目小籐次様に襲いかかった。この一連の騒ぎ、久遠寺を通して甲府代官所に知らせが入り、さらに甲府代官より老中、寺社奉行に始末を願う早飛脚が届いた」

「ちぇっ」

と空蔵が舌打ちした。

「どうせならよ、この江戸で騒ぎを起こして欲しかったよな、中田様」

空蔵がふてくされた言葉遣いで口を尖《とが》らせた。

一方、観右衛門は中田新八の口調が未だ硬いことを気にして、

「赤目様が大怪我をなさったとか。ま、まさか」

と言い出し、

「ひえっ！」

という空蔵の悲鳴が重なった。

「いや、赤目様は息災でおられる。身延山久遠寺の菩提梯なる有名な石段での騒

ぎだ、久遠寺では甲府代官所に届けざるをえなかった」

「中田様よ、おしんさんよ、読売に書けない話をこの空蔵にするなんて酷な話と思いませんかえ。わっしら、それなりの知り合いだよな。ただ話を聞かせるだけかよ、止めてくんな」

「そうか、聞かんでよいか」

と中田がにやりと笑った。

「だって書いちゃいけないんだろ。読売にしたらおれは小伝馬町《こでんまちょう》の牢屋敷に放り込まれるんだよな」

空蔵の言葉におしんが艶然《えんぜん》と笑った。

「なに、おしんさんよ、なに笑ってんだよ。まさか書いていいのか」

「よい」

「な、なんだって。嘘ってことないよな」

「これから話すことは書いてよい。赤目小籐次様が久遠寺の菩提梯で雑賀衆の頭目阿波津光太夫と娘のお恵、さらには一族の面々と、久遠寺名物のしだれ桜が散る花吹雪の中で死闘を繰り広げた勝負の模様をな」

「酔いどれ爺が知らせてきたのか」

「克明《こくめい》に知らせて来られた」

「は、話してくんな」

空蔵が腰の矢立《やたて》から筆を抜き、衿元に突っ込んだ懐紙を出し、

「紙問屋にいるんだ。紙はいくらでもあるぜ、さあ、話してくんな」

という構えで中田新八とおしんを睨んだ。


半刻後、読売屋の空蔵が久慈屋の店座敷から姿を消して、残ったのは観右衛門、中田新八、おしん、それに難波橋の秀次親分の四人だけとなった。

「中田様、空蔵さんに酔いどれ様の活躍を話し、読売に載せる意図はなんでございますな」

観右衛門が老中青山忠裕の家来を糺した。

「大番頭さん、うちの殿様は、赤目様からの早飛脚を読んで、これは城中で公に致さば何人も犠牲が出ることになる、と推量なされた。ならば、代参旅に行った赤目小籐次の身に起こった騒ぎの一つとして、阿波津光太夫を動かしていた城中の面々に読売を通して、その死を知らせたほうがよいと考えられ、われら二人をこちらに遣わされたのだ。読売に久遠寺での戦いの様子が載れば、幕閣のどなた

かが身を退《ひ》かれるか、少なくともこの企てを放棄なさるであろうと殿は考えられたのだ」

「いかにもいかにも」

観右衛門が大きく頷いた。

「で、赤目様のご一行はいつ江戸に戻ってこられるのでございますか」

「すでに公儀の早飛脚が甲州街道を走っておる。甲府を経て身延に公儀の意向が知らされるのは二日内であろう。となれば、赤目小籐次様方が久遠寺に留まる要もない。ゆっくり旅でも十日後には、江戸に赤目小籐次様ご一行が戻ってくる」

と中田新八が用件は済んだとばかりに満足げに笑った。


富士川の身延河岸に一艘の帆掛け船が舫われていた。

富士川舟運は、徳川幕府の始まりの時から甲州と駿州を結ぶ水上交通として発達し、利用されてきた。

舟運の荷は、

「下げ米　上げ塩」

と称され、下り荷は年貢米が、上げ荷は塩を始めとする海産物が内陸に運ばれていった。

甲州側の富士川舟運の中心は鰍沢だ。船は鰍沢河岸から東海道岩淵河岸まで十八里をわずか半日で下った。

身延山久遠寺詣での振興とも相まって富士川舟運は栄えた。

最上《もがみ》川、球磨《くま》川と並んで富士川は、三大急流と呼ばれる名にしおう急流である。

全長三十二里の流れの淵で、時に船や人が犠牲になってきた。

それでも舟運には一度に荷を多く運ぶことができる利点があった。ために危険を承知で発達した。

だが、戻り船は五、六日かけて、鰍沢河岸まで船子らが引き綱を使って急流を引き上げていくのだ。

久遠寺に世話になっていた小籐次一行が身延を去る日が来た。

日恩老師は、女坂を輿《こし》に乗って身延河岸まで見送りにきた。この船の仕度をしたのは日恩老師だった。

驚いたのは身延の門前町の衆だ。

この界隈を代々治めてきた南部衆の長老にして久遠寺の老師自ら、身延河岸に下りることなど滅多になかったからだ。

日恩に歩み寄った人々が合掌して迎えた。

日恩は小籐次らが乗る船に祈禱をして旅の安全を願った。

「老師様、安心して岩淵河岸まで下れますよ」

と船頭が深々と頭を下げて礼を述べた。

「船頭さんや、わしの大事な客人を運ぶのだ。丁重にかつ慎重に川下りをなされよ」

と日恩は命じた。

小籐次らが帆掛け船に乗り込んだ。

「日恩老師、世話をかけ申した」

「母御のおさいさんの供養は愚僧が勤めるでな。どうだ、赤目小籐次、来年も桜の時節に身延に参らぬか」

「老師、江戸に戻ればしがない稼ぎじゃが、研ぎ仕事が待っておる。これでもわしは一家の大黒柱でござってな、稼ぎを大事にせぬと一家が飢える。老師、約束はできぬ」

「なにがしがないじゃ。老中が書状にて、なにとぞ江戸にお戻しあれなどと認めてくる研ぎ屋がどこにおる。まあ、よい、思い出したときに身延に足を向けよ」

「老師様、楽しい日々にございました」

とおりょうが言い、お夕も駿太郎も頭を下げた。

船が河岸を離れた。

「さらばじゃ、赤目小籐次」

「さらばでござる、日恩老師」

帆掛け船と河岸の間が見る見る離れていく。

河岸で見送る人々の姿が小さくなり、ついには消えた。

「お夕ちゃん、そなたのお蔭でよい旅をさせてもろうた」

小籐次がお夕に礼を述べた。

「いえ、私こそ大事な思い出を赤目様、おりょう様、駿太郎さんが作って下さりました」

お夕が小籐次らに頭を下げた。

「お夕ちゃん、悩んでいたことの答えは出たの」

おりょうがいささか不安そうな表情で尋ねた。

顔付きが緊張して不安気なのは、鰍沢から幾多の難所が船を待ち構えているからだ。

急流には南部の老瀬岩、十島の於房岩、南松野の七面石、岩淵の尼が淵と数え上げたらきりがないほど難所が待ち受けていたのだ。

そのことを忘れようとおりょうがお夕に聞いた。

「はい」

と答えたお夕が、

「お父つぁんがなんと言おうと、私は桂三郎の弟子になります。その間は娘であることを忘れます」

と敢然と言い切った。

「親子の間にわれらが入る余地はあるまいが、なんぞあれば言葉を添えよう」

「お願い致します」

とお夕が願ったとき、

「客人よ、船が走り出すぞ。しっかりと船に摑まっておれよ」

と野太い船頭の声が船上に響いて、客の不安を紛らわそうと舟歌が唄われた。

だが、おりょうとお夕は舟歌を聞く処ではない。互いに手を握り合って、

「南無妙法蓮華経」

と唱題し始めた。

芝口橋に空蔵の張り切った声が聞こえた。

「さあて、芝口橋を往来の衆に申し上げる。御鑓拝借以来、数々の勲しを積み重ねてきた酔いどれ小籐次こと赤目小籐次様が、またまた甲州は身延山久遠寺の菩提梯と呼ばれる二百八十七段の石段で、これまでも戦いを繰り返してきた雑賀衆阿波津光太夫芳直とその娘、さらには一族と怨念の戦いを繰り広げたよ！」

一気に喋った空蔵が、足を止めた人々を見渡した。

「おーい、そこのお兄さん、身延山久遠寺がどこにあるか承知かえ」

「身延というからには身延だろうが」

「だから、身延はどこだと聞いているんだよ」

「おりゃ、江戸を出たことがないから知らない」

「そうかえそうかえ、聞いた空蔵が馬鹿でした。いいか、江戸から甲州街道と身延山道を行くこと四十五、六里、暴れ川の富士川が流れる中流波木井郷身延にあるんだよ」

「それで酔いどれ小籐次が派手なことをやらかしたのか」

「おうさ、時節は身延山界隈に春の到来を告げる万朶《ばんだ》のしだれ桜が咲きほこり、時に吹く風のいたずらで花吹雪が舞う菩提梯の石段で、数多の敵に囲まれつつ、やりましたよ、やり遂げました。だれも知らない、この酔いどれ様の新たなる勲しの始まりから結末までの戦いが詳しく書かれた読売だ。どうだ、買ってけ、泥棒」

「おい、ほら蔵、ほらではないな」

「ほらではございません」

空蔵が強い口調で言い切った。

「よし、買った！」

声がしたと思ったらたちまち一枚六文の読売が、あっという間に売り切れた。

ふうっ

とひと息を吐いた空蔵が胸を張って久慈屋の敷居を跨いだ。

「大番頭さん、こちらの読売は残してございますよ」

と懐から数枚の読売を出した。

「有難うございます」

帳場格子から出てきた観右衛門が読売を受け取って、ぺたりと上がり框に腰を下ろし、

「この読売が城中のどなたを動かしますかね」

と呟くように言った。

「さあて、そっちのほうは、下々のわっしらには関わりないことだ」

翌年の文政八年（一八二五）二月十七日のことだ。だが、松平輝延がこの雑賀衆の阿波上野《こうずけ》高崎藩主老中松平輝延が職を辞した。空蔵も観右衛門も知ることはなかった。

津光太夫と関わりがあったかどうか、空蔵も観右衛門も知ることはなかった。

「おれが赤目小籐次恋し、と読売であれだけ宣伝しておいたのだ。明日辺り、この芝口橋に姿を見せないかね」

久慈屋の店先から空蔵が期待を込めた眼差しを芝口橋に向けた。

江戸は葉桜の季節を迎えていた。

文春文庫

定価はカバーに
表示してあります

桜《はな》吹雪《ふぶき》
新《しん》・酔《よ》いどれ小籐次《ことうじ》（三）

2015年8月10日　第1刷

著　者　佐《さ》伯《えき》泰《やす》英《ひで》
発行者　飯窪成幸
発行所　株式会社　文藝春秋

東京都千代田区紀尾井町 3-23　〒102-8008
TEL　03・3265・1211
文藝春秋ホームページ　http://www.bunshun.co.jp

落丁、乱丁本は、お手数ですが小社製作部宛お送り下さい。送料小社負担でお取替致します。

印刷・凸版印刷　製本・加藤製本

Printed in Japan
ISBN978-4-16-790417-3

佐伯泰英
文庫時代小説
全作品チェックリスト

2015年8月現在
監修／佐伯泰英事務所

掲載順はシリーズ名の五十音順です。品切れの際はご容赦ください。

どこまで読んだか、チェック用にどうぞご活用ください。
キリトリ線で切り離すと、書店に持っていくにも便利です。

佐伯泰英事務所公式ウェブサイト「佐伯文庫」 http://www.saeki-bunko.jp/

キリトリ線

居眠り磐音 江戸双紙 いねむりいわね えどぞうし

双葉文庫

□①陽炎ノ辻 かげろうのつじ
□②寒雷ノ坂 かんらいのさか
□③花芒ノ海 はなすすきのうみ
□④雪華ノ里 せっかのさと
□⑤龍天ノ門 りゅうてんのもん
□⑥雨降ノ山 あふりのやま
□⑦狐火ノ杜 きつねびのもり
□⑧朔風ノ岸 さくふうのきし
□⑨遠霞ノ峠 えんかのとうげ
□⑩朝虹ノ島 あさにじのしま
□⑪無月ノ橋 むげつのはし
□⑫探梅ノ家 たんばいのいえ
□⑬残花ノ庭 ざんかのにわ
□⑭夏燕ノ道 なつつばめのみち
□⑮驟雨ノ町 しゅううのまち
□⑯螢火ノ宿 ほたるびのしゅく
□⑰紅椿ノ谷 べにつばきのたに
□⑱捨雛ノ川 すてびなのかわ
□⑲梅雨ノ蝶 ばいうのちょう
□⑳野分ノ灘 のわきのなだ

□㉑鯖雲ノ城 さばぐものしろ
□㉒荒海ノ津 あらうみのつ
□㉓万両ノ雪 まんりょうのゆき
□㉔朧夜ノ桜 ろうやのさくら
□㉕白桐ノ夢 しろぎりのゆめ
□㉖紅花ノ邨 べにばなのむら
□㉗石榴ノ蠅 ざくろのはえ
□㉘照葉ノ露 てりはのつゆ
□㉙冬桜ノ雀 ふゆざくらのすずめ
□㉚侘助ノ白 わびすけのしろ
□㉛更衣ノ鷹 きさらぎのたか 上
□㉜更衣ノ鷹 きさらぎのたか 下
□㉝孤愁ノ春 こしゅうのはる
□㉞尾張ノ夏 おわりのなつ
□㉟姥捨ノ郷 うばすてのさと
□㊱紀伊ノ変 きいのへん
□㊲一矢ノ秋 いっしのとき
□㊳東雲ノ空 しののめのそら
□㊴秋思ノ人 しゅうしのひと
□㊵春霞ノ乱 はるがすみのらん

□㊶散華ノ刻 さんげのとき
□㊷木槿ノ賦 むくげのふ
□㊸徒然ノ冬 つれづれのふゆ
□㊹湯島ノ罠 ゆしまのわな
□㊺空蟬ノ念 うつせみのねん
□㊻弓張ノ月 ゆみはりのつき
□㊼失意ノ方 しついのかた
□㊽白鶴ノ紅 はっかくのくれない
□㊾意次ノ妄 おきつぐのもう

□シリーズガイドブック
「居眠り磐音 江戸双紙」読本
（特別書き下ろし小説・シリーズ番外編「跡継ぎ」収録）

□居眠り磐音 江戸双紙 帰着準備号
橋の上 はしのうえ
（特別収録「著者メッセージ&インタビュー」「磐音が歩いた『江戸』案内」「年表」）

□吉田版「居眠り磐音」江戸地図
磐音が歩いた江戸の町
（文庫サイズ箱入り）
超特大地図＝縦75㎝×横80㎝

キリトリ線

キリトリ線

鎌倉河岸捕物控　かまくらがしとりものひかえ

ハルキ文庫

- □ ① 橘花の仇　きっかのあだ
- □ ② 政次、奔る　せいじ、はしる
- □ ③ 御金座破り　ごきんざやぶり
- □ ④ 暴れ彦四郎　あばれひこしろう
- □ ⑤ 古町殺し　こまちごろし
- □ ⑥ 引札屋おもん　ひきふだやおもん
- □ ⑦ 下駄貫の死　げたかんのし
- □ ⑧ 銀のなえし　ぎんのなえし
- □ ⑨ 道場破り　どうじょうやぶり
- □ ⑩ 埋みの棘　うずみのとげ
- □ ⑪ 代がわり　だいがわり
- □ ⑫ 冬の蜉蝣　ふゆのかげろう
- □ ⑬ 独り祝言　ひとりしゅうげん
- □ ⑭ 隠居宗五郎　いんきょそうごろう
- □ ⑮ 夢の夢　ゆめのゆめ
- □ ⑯ 八丁堀の火事　はっちょうぼりのかじ
- □ ⑰ 紫房の十手　むらさきぶさのじって
- □ ⑱ 熱海湯けむり　あたみゆけむり
- □ ⑲ 針いっぽん　はりいっぽん
- □ ⑳ 宝引きさわぎ　ほうびきさわぎ
- □ ㉑ 春の珍事　はるのちんじ
- □ ㉒ よっ、十一代目！　よっ、じゅういちだいめ
- □ ㉓ うぶすな参り　うぶすなまいり
- □ ㉔ 後見の月　うしろみのつき
- □ ㉕ 新友禅の謎　しんゆうぜんのなぞ
- □ ㉖ 閉門謹慎　へいもんきんしん
- □ シリーズガイドブック「鎌倉河岸捕物控」読本
（特別書き下ろし小説・シリーズ番外編「寛政元年の水遊び」収録）
- □ シリーズ副読本　鎌倉河岸捕物控　街歩き読本

シリーズ外作品

ハルキ文庫

- □ 異風者　いひゅもん

交代寄合伊那衆異聞《こうたいよりあいいなしゅういぶん》 講談社文庫

□ ① 変化《へんげ》
□ ② 雷鳴《らいめい》
□ ③ 風雲《ふううん》
□ ④ 邪宗《じゃしゅう》
□ ⑤ 阿片《あへん》
□ ⑥ 攘夷《じょうい》
□ ⑦ 上海《しゃんはい》
□ ⑧ 黙契《もっけい》
□ ⑨ 御暇《おいとま》
□ ⑩ 難航《なんこう》
□ ⑪ 海戦《かいせん》
□ ⑫ 謁見《えっけん》
□ ⑬ 交易《こうえき》
□ ⑭ 朝廷《ちょうてい》
□ ⑮ 混沌《こんとん》
□ ⑯ 断絶《だんぜつ》
□ ⑰ 散斬《ざんぎり》
□ ⑱ 再会《さいかい》
□ ⑲ 茶葉《ちゃば》
□ ⑳ 開港《かいこう》
□ ㉑ 暗殺《あんさつ》
□ ㉒ 血脈《けつみゃく》

長崎絵師通吏辰次郎《ながさきえしとおりしんじろう》 ハルキ文庫

□ ① 悲愁の剣《ひしゅうのけん》
□ ② 白虎の剣《びゃっこのけん》

夏目影二郎始末旅《なつめえいじろうしまつたび》 光文社文庫

□ ① 八州狩り《はっしゅうがり》
□ ② 代官狩り《だいかんがり》
□ ③ 破牢狩り《はろうがり》
□ ④ 妖怪狩り《ようかいがり》
□ ⑤ 百鬼狩り《ひゃっきがり》
□ ⑥ 下忍狩り《げにんがり》
□ ⑦ 五家狩り《ごけがり》
□ ⑧ 鉄砲狩り《てっぽうがり》
□ ⑨ 奸臣狩り《かんしんがり》
□ ⑩ 役者狩り《やくしゃがり》
□ ⑪ 秋帆狩り《しゅうはんがり》
□ ⑫ 鵺女狩り《ぬえめがり》
□ ⑬ 忠治狩り《ちゅうじがり》
□ ⑭ 奨金狩り《しょうきんがり》

キリトリ線

キリトリ線

- □ ⑮ **神君狩り**　しんくんがり
【シリーズ完結】

- □ シリーズガイドブック **夏目影二郎「狩り」読本**（特別書き下ろし小説・シリーズ番外編「位の桃井に鬼が棲む」収録）

秘剣　ひけん　祥伝社文庫

- □ ① **秘剣雪割り** 悪松・棄郷編　ひけんゆきわり　わるまつ・ききょうへん
- □ ② **秘剣瀑流返し** 悪松・対決「鎌鼬」　ひけんばくりゅうがえし　わるまつ・たいけつかまいたち
- □ ③ **秘剣乱舞** 悪松・百人斬り　ひけんらんぶ　わるまつ・ひゃくにんぎり
- □ ④ **秘剣孤座**　ひけんこざ
- □ ⑤ **秘剣流亡**　ひけんりゅうぼう

古着屋総兵衛初傳　ふるぎやそうべえ しょでん　新潮文庫

- □ **光圀**　みつくに　（新潮文庫百年特別書き下ろし作品）

古着屋総兵衛影始末　ふるぎやそうべえかげしまつ　新潮文庫

- □ ① **死闘**　しとう
- □ ② **異心**　いしん
- □ ③ **抹殺**　まっさつ
- □ ④ **停止**　ちょうじ
- □ ⑤ **熱風**　ねっぷう
- □ ⑥ **朱印**　しゅいん
- □ ⑦ **雄飛**　ゆうひ
- □ ⑧ **知略**　ちりゃく
- □ ⑨ **難破**　なんぱ
- □ ⑩ **交趾**　こうち
- □ ⑪ **帰還**　きかん

【シリーズ完結】

新・古着屋総兵衛　しん・ふるぎやそうべえ　新潮文庫

□①血に非ず　ちにあらず
□②百年の呪い　ひゃくねんののろい
□③日光代参　にっこうだいさん
□④南へ舵を　みなみへかじを
□⑤○に十の字　まるにじゅのじ
□⑥転び者　ころびもん
□⑦二都騒乱　にとそうらん
□⑧安南から刺客　アンナンからしかく
□⑨たそがれ歌麿　たそがれうたまろ
□⑩異国の影　いこくのかげ

密命　みつめい／完本 密命　かんぽん みつめい

※新装改訂版の「完本」を随時刊行中　祥伝社文庫

□①完本 密命　見参！寒月霞斬り　けんざん　かんげつかすみぎり
□②完本 密命　弦月三十二人斬り　げんげつさんじゅうににんぎり
□③完本 密命　残月無想斬り　ざんげつむそうぎり
□④完本 密命　刺客　斬月剣　しかく　ざんげつけん
□⑤完本 密命　火頭　紅蓮剣　かとう　ぐれんけん

【旧装版】

□⑥兇刃　一期一殺　きょうじん　いちごいっさつ
□⑦初陣　霜夜炎返し　ういじん　そうやほむらがえし
□⑧悲恋　尾張柳生剣　ひれん　おわりやぎゅうけん
□⑨極意　御庭番斬殺　ごくい　おにわばんざんさつ
□⑩遺恨　影ノ剣　いこん　かげのけん
□⑪残夢　熊野秘法剣　ざんむ　くまのひほうけん
□⑫乱雲　傀儡剣合わせ鏡　らんうん　くぐつけんあわせかがみ
□⑬追善　死の舞　ついぜん　しのまい
□⑭遠謀　血の絆　えんぼう　ちのきずな
□⑮無刀　父子鷹　むとう　おやこだか
□⑯烏鷺　飛鳥山黒白　うろ　あすかやまこくびゃく
□⑰初心　闇参籠　しょしん　やみさんろう
□⑱遺髪　加賀の変　いはつ　かがのへん
□⑲意地　具足武者の怪　いじ　ぐそくむしゃのかい
□⑳宣告　雪中行　せんこく　せっちゅうこう
□㉑相剋　陸奥巴波　そうこく　みちのくともえなみ
□㉒再生　恐山地吹雪　さいせい　おそれざんじふぶき
□㉓仇敵　決戦前夜　きゅうてき　けっせんぜんや

キリトリ線

キリトリ線

□㉔切羽 潰し合い中山道 せっぱ つぶしあいなかせんどう
□㉕覇者 上覧剣術大試合 はしゃ じょうらんけんじゅつおおじあい
□㉖晩節 終の一刀 ばんせつ ついのいっとう
【シリーズ完結】
□シリーズガイドブック「密命」読本（特別書き下ろし小説・シリーズ番外編「虚けの龍」収録）

酔いどれ小籐次留書 よいどれことうじとめがき　幻冬舎時代小説文庫

□①御鑓拝借 おやりはいしゃく
□②意地に候 いじにそうろう
□③寄残花恋 のこりはなよするこい
□④一首千両 ひとくびせんりょう
□⑤孫六兼元 まごろくかねもと
□⑥騒乱前夜 そうらんぜんや
□⑦子育て侍 こそだてざむらい
□⑧竜笛嫋々 りゅうてきじょうじょう
□⑨春雷道中 しゅんらいどうちゅう
□⑩薫風鯉幟 くんぷうこいのぼり
□⑪偽小籐次 にせことうじ
□⑫杜若艶姿 とじゃくあですがた
□⑬野分一過 のわきいっか
□⑭冬日淡々 ふゆびたんたん
□⑮新春歌会 しんしゅんうたかい
□⑯旧主再会 きゅうしゅさいかい
□⑰祝言日和 しゅうげんびより
□⑱政宗遺訓 まさむねいくん
□⑲状箱騒動 じょうばこそうどう
□酔いどれ小籐次留書 青雲篇 品川の騒ぎ しながわのさわぎ（特別付録・「酔いどれ小籐次留書」ガイドブック収録）

新・酔いどれ小籐次　しん・よいどれことうじ
文春文庫

- □ ① 神隠し　かみかくし
- □ ② 願かけ　がんかけ
- □ ③ 桜吹雪　はなふぶき

吉原裏同心　よしわらうらどうしん
光文社文庫

- □ ① 流離　りゅうり
- □ ② 足抜　あしぬき
- □ ③ 見番　けんばん
- □ ④ 清搔　すががき
- □ ⑤ 初花　はつはな
- □ ⑥ 遣手　やりて
- □ ⑦ 枕絵　まくらえ
- □ ⑧ 炎上　えんじょう
- □ ⑨ 仮宅　かりたく
- □ ⑩ 沽券　こけん
- □ ⑪ 異館　いかん
- □ ⑫ 再建　さいけん
- □ ⑬ 布石　ふせき
- □ ⑭ 決着　けっちゃく
- □ ⑮ 愛憎　あいぞう
- □ ⑯ 仇討　あだうち
- □ ⑰ 夜桜　よざくら
- □ ⑱ 無宿　むしゅく
- □ ⑲ 未決　みけつ
- □ ⑳ 髪結　かみゆい
- □ ㉑ 遺文　いぶん
- □ ㉒ 夢幻　むげん

- □ シリーズ副読本　佐伯泰英「吉原裏同心」読本

キリトリ線